POR UMA ESCOLHA

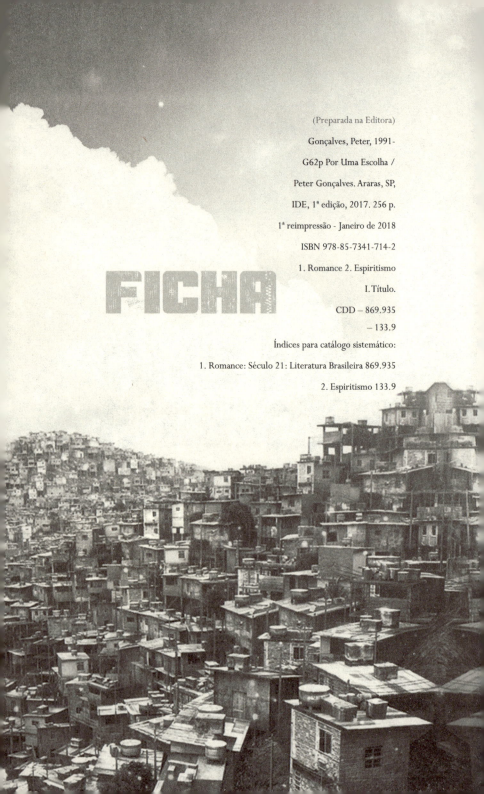

(Preparada na Editora)

Gonçalves, Peter, 1991-
G62p Por Uma Escolha /
Peter Gonçalves. Araras, SP,
IDE, 1ª edição, 2017. 256 p.

1ª reimpressão - Janeiro de 2018

ISBN 978-85-7341-714-2

1. Romance 2. Espiritismo

I. Título.

CDD – 869.935

– 133.9

Índices para catálogo sistemático:

1. Romance: Século 21: Literatura Brasileira 869.935

2. Espiritismo 133.9

romance

PETER GONÇALVES

pelo espírito *Felipe*

ide

1ª edição – novembro/2017
Copyright © 2017,
Instituto de Difusão Espírita – IDE
Conselho Editorial:
Doralice Scanavini Volk
Orson Peter Carrara
Wilson Frungilo Júnior

Coordenação:
Jairo Lorenzeti

Revisão de texto:
Mariana Frungilo Paraluppi

Capa e Diagramação:
César França de Oliveira

INSTITUTO DE DIFUSÃO ESPÍRITA – IDE
Av. Otto Barreto, 1067 – Cx. Postal 110
CEP 13600-970 – Araras/SP – Brasil
Fone (19) 3543-2400
CNPJ 44.220.101/0001-43
Inscrição Estadual 182.010.405.118
www.ideeditora.com.br
editorial@ideeditora.com.br

Todos os direitos reservados.
Nenhuma parte desta publicação
pode ser reproduzida, armazenada ou
transmitida, total ou parcialmente, por
quaisquer métodos ou processos, sem
autorização do detentor do copyright.

romance

POR UMA ESCOLHA

PETER GONÇALVES

pelo espírito Felipe

ide

AGRADECIMENTOS

Primeiramente a Deus, que me deu a oportunidade de vir à Terra mais uma vez para aprender e ensinar a todos que precisam.

Aos meus pais, Rivadalvo Gonçalves e Magda da Silva Gonçalves, que aceitaram a missão de me gerar e me criar, dando-me todo suporte necessário para a minha evolução, e por terem me levado, pela primeira vez, a uma casa espírita, oferecendo-me a chance de conhecer o Espiritismo.

À Comunidade Espírita Estrela da Caridade, por ter me acolhido por anos e por tantos ensinamentos passados e vividos. Ao orientador José

Luiz Cardoso, que sempre, com grande humildade, soube mostrar-me detalhes sobre a vida, orientando-me constantemente ao caminho da caridade.

À minha grande amiga Beatriz Aquino, que me ajudou a compreender os primeiros traços do trabalho espiritual, orientando-me com sua experiência e amor.

Aos dois grandes amigos trabalhadores em prol da Espiritualidade, Meire Alves e João Luz, que me deram todo suporte para que meu desenvolvimento estivesse em crescimento e vigília.

A um grande ser de luz, que sempre teve a paciência de ensinar com sua sabedoria e amor diante da vida: minha amiga e tia Maria José Brizolla.

Ao meu irmão de alma, grande amigo e companheiro de vida, Guilherme Ohani, que, com sua luz, acompanhou-me em todo o processo espiritual e psicográfico, mostrando-me caminhos e direções para que esta obra pudesse ser recebida com muito amor, e por caminhar ao meu lado nessa estrada espiritual.

Minha enorme gratidão a um amigo da Espiritualidade, que, mesmo quando fui contra as leis naturais da vida, estendeu-me a mão e me ajudou muito: meu companheiro da Espiritualidade e mentor, Felipe, que me mostrou não só sobre o mundo físico e espiritual, mas sobre a vida.

Que esta obra, recebida com tanto amor, possa alcançar todos os corações que precisam ser alcançados!

PETER GONÇALVES

ÍNDICE

Capítulo 1
Capítulo 2
Capítulo 3
Capítulo 4
Capítulo 5
Capítulo 6
Capítulo 7
Capítulo 8
Capítulo 9
Capítulo 10
Capítulo 11
Capítulo 12
Capítulo 13
Capítulo 14
Capítulo 15
Capítulo 16
Capítulo 17

CAPÍTULO UM

"Quão divina é a natureza e não nos damos conta disso. Talvez, percebamos um por cento de sua magnitude, de sua beleza, de sua sabedoria e influência. Agradeço sempre por estar aqui, podendo aprender mais e mais, e espero que sempre consiga trilhar até o fim com a cabeça erguida, sabendo reconhecer erros e acertos da maneira mais humilde, mas sempre colocando um pé na frente do outro, afinal, somos seres humanos.

Se nos foi dada a sabedoria, que a usemos em prol do amor. Se nos foi dado o discernimento, que o usemos para tudo. Se nos foram dadas pessoas, que saibamos reconhecer cada gesto e cada ato. Se nos foi dado o livre-arbítrio, que usemos a sabedoria, o discernimento e o nosso amor e o das pessoas para transformarmos esse mundo em um lugar vibrante.

Usemos o nome Terra não somente como planeta, mas como casa, como amor, e que enraizemos nesta Terra tudo o que há de bom.

Comecemos logo. O infinito é longo, mas a caminhada é dura. Façamos cada um de nós a parte que nos cabe, por mais difícil que seja, mas façamos, para, enfim, trilharmos no caminho de Deus!"

Essas foram as palavras ditas por Ezequiel em nossa primeira reunião com todo o grupo. Sentimos toda a emoção e a verdade que ele usou ao dizer cada palavra. Mesmo que aquilo nos soasse familiar, não tínhamos ainda muito conhecimento sobre o assunto. Sempre tivemos formas de pensar errôneas, então, estar ali era algo novo, mas muito revelador.

Josué foi uma das pessoas que, junto a mim, ficou embasbacado com tamanha sabedoria de Ezequiel. Não achávamos ser possível, em apenas um dia, aprender tanto e com tanta sutileza e simplicidade.

E, assim, saímos caminhando pela rua simples, mas cheia de paz. Naquele momento, a única coisa em que éramos capazes de pensar era em como não conhecíamos nada sobre a vida. Mas como mudar uma vida toda? Como recomeçar todos os trajetos sem afetar a nós mesmos? Eram questionamentos que nos martelavam. Questionamentos que nos deixaram quietos o caminho todo de volta para casa. Quando pensávamos em falar alguma coisa, as palavras eram cortadas por nós mesmos, porque o silêncio, naquele momento, era dominador e necessário.

Josué e eu nos despedimos. Continuei caminhando até a minha casa. Ao chegar, encontro minha esposa e meus filhos sentados na sala assistindo à televisão. Todos parados, concentrados. Apenas parei e os olhei. Meus olhos se encheram de lágrimas, porque eles eram as coisas mais preciosas que eu tinha, mas, muitas vezes, não dava o valor merecido.

— Papai! — exclamou Enrique, com um grande sorriso.

— Boa noite, meu filho! Como você está?

— Estou bem, papai! E o senhor?

Nessa hora, meu coração apertou, e minha única vontade foi a de chorar.

— Estou bem também, Enrique.

Dália continuou sentada assistindo ao programa, junto a Tadeu. Ambos apenas me olharam, mas ali continuaram. Não esboçaram nenhuma reação. Aquilo já me era comum, mas sempre me partia o coração saber que eu os prejudicava tanto com meus problemas.

Fui tomar um banho, afinal, precisava limpar o corpo e também limpar a alma. As dúvidas martelavam em minha cabeça. Os questionamentos me tomaram, e o desejo de mudança era claro, mas eu não sabia por onde começar. Vi-me diante de toda a minha realidade. Eu não tinha mais planos, ambições. Tudo estava escuro na minha visão.

Passei novamente por meus filhos e minha esposa na sala. Eu lhes desejei boa noite, mas apenas Enrique respondeu, com um sorriso, ao meu cumprimento. Dália e Tadeu acenaram com a cabeça e nada disseram. Fui me deitar e ali, sozinho, não conseguia me manter calmo, porque os pensamentos começaram a me machucar mais. Fechei os olhos e tentei fazer uma prece, mas foi em vão, porque não conseguia me concentrar. Lembrei-me de uma oração que minha avó havia me ensinado e fui repetindo palavra por palavra, até que, aos poucos, fui pegando no sono. Lembro-me apenas de repetir a oração algumas vezes e dormir. Foi um sono pesado, que, com muito custo, veio.

Acordei com Dália gritando:

– Fernando! Levante, Fernando! Não tenho mais paciência para tanta irresponsabilidade.

— O que houve, Dália?

— Você me pergunta o que houve? Deveria ter um pouco mais de vergonha na cara e ter mais responsabilidade.

Nada pude responder. As palavras de Dália eram agressivas, e ela tinha razão. Eu havia me tornado um pai ausente, um marido ausente, um ser humano ausente das responsabilidades com as quais havia me comprometido.

— Acalme-se, Dália, por favor! Continuar gritando nada vai resolver, e eu não vou conseguir mudar tudo isso de um segundo para o outro — respondi com a voz embargada.

— Não tenho mais como conviver com você dessa maneira. As coisas estão piorando a cada dia. Vá até a sala e pergunte você mesmo aos seus filhos como eles estão.

Rapidamente fui até a sala e lá estavam meus dois pequeninos sentados, com rostos tristes. Enrique, quando me viu, tentou abrir um leve sorriso, mas foi em vão. Tadeu sequer tentou esboçar alguma expressão além da que já mantinha em seu rosto.

— O que aconteceu? Como vocês estão, meninos? – perguntei.

Tadeu, com expressão de raiva, olhou para baixo. Apenas Enrique, tentando amenizar a situação, veio ao meu lado e acariciou meu rosto, dizendo:

— Não foi nada, papai! Não se preocupe, porque eu sei que o senhor ainda vai conseguir ficar bem de novo.

— Mas o que aconteceu, meu filho?

— Nós só estamos com um pouco de fome, meu pai. Mas vovó Linda disse que vem hoje e vai trazer algumas coisas para nós.

Meu coração apertou naquele momento, e percebi que os problemas estavam tomando proporções maiores do que imaginava. A luz e a água já haviam sido cortadas duas vezes no último ano. Todas as contas estavam atrasadas. Agora isso! Nem comida tinha mais em casa.

— Olhe para mim, Enrique! Prometo para você, meu filho, que vou dar um jeito nisso – disse eu, chorando –, e logo estaremos bem de novo. Você, Tadeu e mamãe vão ter a mesma vida que tínhamos antes.

Enrique me abraçou forte e disse:

— Eu confio no senhor, papai. Sei que vamos conseguir porque o senhor ainda é um super-herói. Eu sei disso!

Tadeu, já sem paciência para tudo aquilo, levantou-se e saiu pisando forte para mostrar seu descontentamento com aquela cena, que ele julgava ridícula. Para um pré-adolescente, aceitar aquilo não era fácil, ainda mais sendo ele tão difícil de lidar.

Enrique apenas sussurrou em meu ouvido:

— Não se preocupe, papai! Tadeu sempre foi teimoso e chato. Ele vai para o quarto dele.

— Vou sair agora e peço que cuide de sua mãe enquanto resolvo algumas coisas de gente grande. Espere aqui em casa sua avó Linda chegar e cuide da mamãe pra mim. Posso contar com você? – perguntei, segurando o choro.

— O senhor é o super-herói, e eu vou ser seu ajudante – respondeu Enrique, sorrindo e dando um pulo, como se tentasse voar.

Ver que pelo menos alguém ainda confiava em mim, dava-me coragem para resolver meus problemas, mas, ao mesmo tempo, um medo invadia meus pensamentos. Eu não queria que mais uma pessoa sofresse por depositar em mim esperanças que nem eu mesmo tinha mais.

— Dália, vou sair e volto mais tarde — disse eu à minha esposa.

— Mais uma vez? Você acabou de ver que não temos nada para comer em casa e me diz que vai sair novamente? — Dália começou a se irritar: — Eu nasci para isso? Para ser mulher de um vagabundo que só pensa em passear enquanto os próprios filhos passam fome e dependem da avó para comer um mísero prato de comida?

Aquilo foi o cúmulo para mim. Minha passividade diante dela tinha limites e estava prestes a perder o controle, quando vi Tadeu parado à porta, acompanhando toda a conversa. Com olhar de desprezo, apenas disse:

— Deixe-o ir, mamãe! Eu prefiro ter um pai vagabundo na rua a ter um pai vagabundo dentro de casa.

Sem me aguentar por ter ouvido aquele insulto de meu filho, parti para cima dele. Tomado de raiva, eu só conseguia bater nele. Dália gritava para que eu parasse de fazer isso, mas estava cego pela raiva. Enrique entrou correndo e ficou parado, chorando e rezando, mas aquilo não me comovia. Quando levantei a mão para dar o último tapa, Dália entrou na frente rapidamente, e o tapa foi na direção de seu rosto, fazendo-a cair no chão.

— Você está se tornando um monstro, Fernando! — gritava Dália, chorando — Suma daqui! Desapareça!

— Foi você quem entrou na frente. Eu não queria ter lhe batido, você sabe disso!

Eu estava em desespero. Nunca havia batido em minha esposa. Queria ajudá-la, mas algo mais forte me mandava deixá-la ali, caída. Enrique continuava chorando e rezando, e pedia que me acalmasse. Em um surto, gritei para que todos calassem a boca e saí batendo a porta. Só pude ouvir o último grito de Tadeu:

—Vá embora, seu desgraçado!

Meu filho me chamando de desgraçado?

Eu bati em minha esposa? Enrique chorando por mim? No que eu havia me tornado? Em um monstro realmente? Eu não queria aceitar aquilo. O ódio dentro de mim estava cada vez mais forte e a vontade de dar um fim em minha vida vinha cada vez mais convincente, sem que eu tivesse controle algum sobre esses pensamentos.

Saí andando na rua sem olhar para ninguém que passava. Alguns amigos tentaram conversar, mas eu não dava a mínima atenção para não agredi-los também. Como que por coincidência, deparei-me com Josué, que veio ao meu encontro, percebendo minha inquietação:

— O que está acontecendo, Fernando?

— Não quero conversar agora — respondi grosseiramente. — Depois conversaremos melhor.

— Talvez, eu possa ajudá-lo. O que aconteceu desta vez? Teve problemas com a metida a riquinha da sua mulher?

Fitei Josué com muita raiva e, num impulso, dei-lhe um soco.

— Nunca mais ouse proferir qualquer palavra sobre Dália. Você é tão sujo quanto eu e não tem o mínimo direito de falar dela.

Josué controlou a raiva que sentiu por ter levado um soco do amigo, mas, mesmo assim, não desistiu de saber o que estava se passando. Ele percebeu que algo de ruim havia acontecido para eu ter chegado àquele ponto.

— Desculpe-me pelo insulto, e eu o desculpo pelo soco. Mas exijo que me diga o que aconteceu.

— Quem é você para exigir alguma coisa de mim? Um traficante ridículo, que me enfiou nesse mundo por pura ganância? Um ser humano tão desprezível quanto eu? Sim, esse é você!

— E você se acha muito melhor que eu para me falar isso, e se achar no direito de ter razão?

— Com razão ou não, saia da minha frente antes que eu lhe dê outro soco.

Eu tinha vantagem física. Josué era um rapaz magro, baixo e com aspecto frágil. Aproveitava-me disso para lhe colocar medo e tentar impor respeito, mas ele era esperto, não demonstrava ter medo e sempre se mantinha firme diante de mim.

— Vou lhe perguntar mais uma vez, Fernando: O que aconteceu? – questionou, mostrando-se firme nas palavras e convicto de que conseguiria o que queria.

Vi que ele não desistiria enquanto não soubesse o que havia se passado. Expliquei-lhe, em poucas palavras, que havia discutido em casa e batido em meu filho e, sem querer, em Dália também.

— Você está ficando maluco? Bater em mulher?

— Eu já lhe disse que foi um acidente.

— E desde quando bater na própria esposa é um acidente?

— Não me enche!

— Pelo jeito, exatamente nada do que ouvimos naquela palestra lhe serviu, não é?

— Fomos conhecer aquela casa espírita, e você acha que, em um dia apenas, já vamos mudar toda a nossa vida por conta de umas palavras bonitas?

— Mas você poderia ao menos tentar. Eu estou tentando.

—Tentando como? Sorrindo dentro de casa e continuando a fazer o que faz na rua?

— Isso é um problema que eu resolvo comigo mesmo.

Nessa hora, paramos por alguns segundos. Olhamo-nos e não entendemos nada do que estava acontecendo. Nada do que havíamos ouvido na palestra fazia sentido naquele momento. Então, sentei na rua com a cabeça entre as pernas e só conseguia chorar. Josué se sentou ao meu lado e ficou quieto por alguns minutos, mas não conseguiu manter o silêncio e disse:

— Lembra-se do que aquele homem disse?

— O Ezequiel?

— Sim, ele mesmo.

— Do livre-arbítrio?

— Exatamente. Pelo que entendi, temos o direito de fazer nossas escolhas e nós fizemos.

— E desde quando escolhi ser traficante pobre? Eu escolhi fazer isso para poder dar dinheiro para minha família, e não para chegar a ponto de não ter o que comer em casa.

— Essa parte eu já não sei. Só me lembro de que Ezequiel foi claro ao dizer que somos donos de nossas próprias escolhas e acabamos arcando com as consequências de tudo o que fazemos.

— Você está dizendo isso para mim, mas e você?

— Eu?

— Sim! Você fala como se eu fosse o único a me dar mal por ter entrado nessa vida.

— Mas quem está se dando mal é você mesmo, porque quer ser um traficante de valores. Meu caro, desde quando traficante tem valor? Desde quando traficante não faz algum trabalho porque tem princípios? Isso tudo é conversa fiada de gente medrosa.

— Não sou medroso, apenas tem trabalho que não faço de forma alguma.

— Então, aceite as consequências das suas escolhas.

Josué, de certa forma, tinha razão. Entrei para o mundo do tráfico, mas não aceitava fazer muitos trabalhos porque não iam ao encontro do que eu achava certo ou não. Mas esse mundo do tráfico em si já não era certo. Então, por que não arriscar mais?

— Você tem razão! – disse eu, pensativo.

— Eu sempre tenho razão! – disse Josué, tentando amenizar o clima pesado.

— Pois então, se é para ser traficante, que seja da forma completa, fazendo todos os trabalhos que aparecem. Quem sabe assim eu possa levar dinheiro para casa e diminuir uma parte dos meus problemas.

— É assim que se fala, meu caro! Se for para errar, então erre direito.

Não tínhamos a mínima ideia de que, naquele momento, Espíritos obsessores riam de nós e nos aplaudiam por eu ter tomado aquela decisão. Conversavam entre si e esquematizavam como fazer para que eu adentrasse cada vez mais nesse caminho.

Levantei-me com um peso nas costas, mas disposto, e disse:

— Vou agora falar com o chefe.

— Assim que se fala – disse Josué, encorajando-me.

— Vamos ver se, topando qualquer trabalho, Chicão me dá mais serviço, e eu me resolvo.

Fomos andando em passos rápidos até uma rua escondida, onde era o ponto em que Chicão ficava. Entramos naquele lugar frio, escuro, cheio de capangas. Por algum motivo, não me sentia intimidado, mas confiante e cheio de coragem de estar diante do homem que sempre me causava arrepios. Sem pensar muito, já disse logo ao chefe do tráfico:

— O que você tem de trabalho para eu fazer? Estou aqui para trabalhar.

Chicão deu uma gargalhada alta e apenas me disse:

— Sente-se, amigão! Aqui não é como você quer, e sim como eu quero. Mas estou gostando de ver sua determinação. Tenho muitos planos para você!

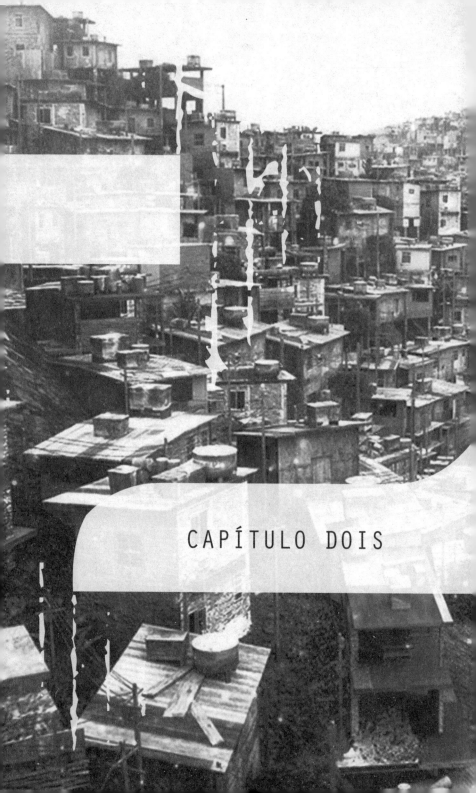

CAPÍTULO DOIS

Dália foi, aos poucos, recompondo-se da má surpresa que teve. Ela jamais esperava que eu fosse capaz de agredi-la fisicamente, mas isso aconteceu. Perdi totalmente o controle das minhas emoções e já não tinha mais equilíbrio algum para discernir o impulso do autocontrole, e acabou acontecendo a agressão.

Tadeu, com muita dor em todo o corpo, não deixou cair uma lágrima sequer, tamanha era a raiva que estava sentindo naquele momento. Toda a repulsa dele por mim havia aumentado após apanhar e ver sua mãe apanhando, pela minha loucura. Ajudou Dália a se levantar e a sentou em uma cadeira.

— Ele não tem o direito de lhe bater, mãe! — exclamou Tadeu, com raiva.

— Eu sei, meu filho, mas seu pai está se tornando um monstro que eu mesma já não reconheço mais — disse Dália com desprezo, mas preocupada. — Não sei para onde vai todos os dias, nem com quem tem andado. Algo me diz que está se enfiando em alguma enrascada, mas não sei. Na verdade, o que quero é que ele tome um rumo na vida e suma daqui. Não aguento mais essa vida infernal que estamos tendo.

— Eu já não ligo mais, mãe! Para mim, ele já não significa nada.

— Tadeu, você ficou louco? Apesar de tudo, ele é seu pai, e você lhe deve respeito.

— Eu me recuso a respeitar um homem que bate na própria esposa.

— Não importa! A partir de hoje, quero que respeite seu pai.

— A senhora apanha, chora, sente tanta raiva quanto eu e, mesmo assim, ainda o defende? Está ficando louca como ele também?

Dália não sabia o que responder, porque Tadeu tinha razão no que dizia. Ela também sentia raiva, mas não da mesma forma que ele. No mais íntimo de seu coração, ela ainda me amava um pouco, mas o amor já não era mais o suficiente para manter qualquer relação entre nós.

Enrique continuou rezando. O choro já havia cessado, mas ainda soluçava muito. Aos poucos, foi se recompondo e disse confiante aos dois:

— Vocês precisam esperar o papai resolver tudo. Ele é um super-herói e vai conseguir. Ele me falou.

— Meu filho, vá um pouco para o seu quarto. Deixe-me aqui a sós para eu arrumar essa bagunça. Tadeu, vá para o seu quarto também.

Tadeu tentou argumentar mais, porém Dália, com determinação, apenas olhou para os dois. Aquele era o sinal de que ela falava sério. Então, os dois foram para seus quartos sem reclamar. Ela sempre fora assim. Quando determinava algo e não a obedeciam, com apenas um olhar todos entendiam. Dália arrumou toda a bagunça que causei na cozinha, sem conseguir esquecer o tapa e a minha agressividade.

— Fernando precisa de ajuda, antes que essa agressividade aumente e seu descontrole também, o que poderia levá-lo a atitudes piores! — exclamou Dália para si mesma.

Após arrumar tudo o que eu havia bagunçado, Dália foi para nosso quarto e lá chorou copiosamente por longo tempo. Tudo em sua cabeça estava confuso. Seus sentimentos estavam confusos. Era um misto de várias sensações. Até que a campainha de casa tocou. Dália secou suas lágrimas, lavou o rosto e foi abrir a porta. Era dona Linda, que sempre nos visitava, afinal, morava perto de nós.

— Você estava chorando, minha filha? — perguntou dona Linda

— Oi, mamãe! Estou bem, e a senhora? — Dália tentou desconversar.

— Eu a conheço e não é de hoje. Sem contar que seus olhos estão inchados. Estava chorando por quê?

— Entre, mamãe! Vou fazer um café, e então conversamos.

Dona Linda entrou, notando que Dália estava distraída demais. Ela queria questionar mais o que havia acontecido, mas preferiu esperar que a filha mesma tomasse a iniciativa de lhe contar.

— Onde estão as crianças?

— Estão no quarto. Pedi a eles que fossem para lá enquanto eu arrumava a bagunça.

— Bagunça?

— Sim, mamãe, mas já arrumei tudo. E fui me deitar também, para poder descansar um pouco.

— Em plena tarde de sol, todos em seus quartos?

— A senhora não muda, não é mesmo, mamãe?! - riu ironicamente Dália.

—Você sabe que quero o seu bem e que pode desabafar comigo. Posso parecer uma mãe intrometida, mas não me veja dessa maneira. Apenas quero saber o porquê de estar assim.

Dália não se conteve e voltou a chorar. Ainda estava muito sensível e qualquer palavra de carinho que lhe dissessem seria o suficiente para que perdesse as estruturas e caísse no choro novamente. Dona Linda a abraçou com delicadeza e perguntou:

— Onde está Fernando?

— Não sei, mamãe! — respondeu Dália chorando mais.

— Estão tendo problemas no casamento?

— Problemas no casamento todos têm, mas o que está acontecendo comigo e com Fernando vai além de qualquer problema entre casais.

— O que houve desta vez?

— Fernando perdeu totalmente o controle. Fui reclamar com ele por todos os problemas que estamos tendo... até comida dentro de casa está em falta. Ele se enfureceu com o decorrer da conversa, bateu em Tadeu, que o desrespeitou, e eu entrei na frente.

— Entrou na frente?

— Sim! Ele estava prestes a deixar Tadeu com hematomas, então, entrei na frente, e, na fúria em que estava, Fernando, sem controle, acabou me dando um tapa, que me levou ao chão na mesma hora.

Dona Linda não sabia o que dizer, pois já percebera que eu estava tendo sérios problemas, mas, como todos, não sabia quais eram. Naquele momento, ela respirou fundo, olhou nos olhos de Dália e disse:

— Fernando está em um momento confuso da vida e não consegue mais fazer as escolhas corretas para si mesmo e para vocês, mas sei que ele tem um bom coração. Embora isso não amenize o fato de ele ter-lhe batido. Quero lhe propor uma coisa.

— O quê?

— Quero que, assim que Fernando chegar, sente-se com ele, a sós, e conversem sobre tudo o que aconteceu. Ele vai explicar tudo o que está ocorrendo. Force-o a falar caso não queira.

Dona Linda ainda acreditava que eu era um

bom moço, e era realmente. Eu tinha boas intenções, mas, premido pela situação, segui por um caminho errado, vendo nele a única solução. Nem sempre os fins justificam os meios. São sempre casos isolados, que devem ser analisados separadamente, com suas peculiaridades e especificações.

— Não sei se quero, neste momento, conversar com ele.

— Pois, então, se não quer compreender o seu marido, o que você quer?

— Apenas quero ter uma vida tranquila, como tínhamos.

— Então, sabe que deve ajudá-lo.

Dona Linda era de uma sabedoria imensa. Sempre que tínhamos problemas, ela sugeria que conversássemos para resolver. Mas, desta vez, era diferente, porque eu não estava disposto, ainda, a revelar os caminhos que estava seguindo.

Dona Linda sugeriu:

— Caso não queira conversar com Fernando ainda, sabe que pode passar alguns dias em minha casa com os meninos. Eu vivo sozinha mesmo e ter companhia em casa por alguns dias será muito bom para mim e para vocês também.

— Não quero incomodá-la com meus problemas, mãe!

— Estará me incomodando se continuar a viver dessa forma, sempre angustiada e sem saber o que fazer. E então?

Dália pensou por alguns instantes e disse:

— Quando Fernando voltar, vou tentar conversar com ele. Se mesmo assim as coisas continuarem como estão, sem ao menos eu saber como ajudá-lo, então irei passar alguns dias em sua casa.

— Vai ser uma atitude sábia de sua parte, minha filha! Mas, hoje mesmo, também converse com seus filhos para acalmá-los e para que eles possam entender o porquê de estarem indo para minha casa.

— Farei isso, mamãe! Muito obrigada!

Dona Linda a abraçou fortemente e, sem que Dália soubesse, fez uma prece, pondo a mão em sua cabeça. Isso a deixou mais calma. Ela achava que era apenas pelo abraço acolhedor, mas dona

Linda sabia como conseguir acalmar uma pessoa com suas energias fluídicas.

— Minha filha – disse dona Linda –, trouxe-lhe algumas coisas para a casa. Aceite de coração e não me questione. Você é minha filha, e no que puder vou ajudá-la, com ou sem problemas conjugais.

— Não sei como lhe agradecer, mãe! Não gostaria que chegasse a esse ponto, mas não posso deixar meus filhos sem terem o que comer.

— Seus filhos e você.

— Sim. Nós todos! Amanhã, vou sair cedo de casa para conversar com uma amiga. Talvez, ela possa me arrumar alguma colocação onde trabalha.

— Primeiro, converse com Fernando para poder decidir o que fazer de sua vida. Converse também com Tadeu e Enrique para que eles entendam o que vem acontecendo dentro da casa de vocês. A conversa dissolve muitos problemas e faz com que as soluções apareçam.

Dona Linda se despediu de Dália e foi embora, deixando, dentro de nossa casa, uma energia muito boa.

Dália, sentindo-se mais forte, foi ao encontro de nossos filhos para ter com eles uma conversa esclarecedora e necessária.

— Crianças, venham até a sala. Preciso falar com vocês!

Tadeu foi de imediato, pois, no fundo, achava que Dália havia tomado a decisão mais sensata, que seria pedir o divórcio e acabar com nosso relacionamento quebrado. Já Enrique, sem entender muito bem o porquê de tudo ter acontecido daquela forma, foi também para a sala, mas quieto, com certo medo. Em seus olhos, era nítida a confusão que nossa briga havia causado.

— Decidiu já o que deve fazer em relação ao seu marido? — argumentou Tadeu, com certo tom sarcástico.

— O marido dela é o papai, Tadeu! — contra-argumentou Enrique, defendendo-me.

— Tanto faz! Mas diga, mãe. O que quer nos falar?

Dália estava calma, mas não queria ter aquela conversa com os dois. Não sozinha. Mas era necessário, porque tudo já estava tomando dimensões maiores do que ela poderia aguentar sozinha. Não que nossos filhos pudessem ajudar, mas que estivessem cientes do problema para que, se houvesse problemas maiores, estivessem mais preparados.

Dália respirou fundo mais uma vez e disse:

— Vocês sabem o quanto eu e seu pai os amamos, não é?

— Sabemos sim, mamãe! — disse Enrique, enquanto Tadeu ficou em silêncio.

— Mas, nesse momento, eu e Fernando estamos tendo problemas. O papai está tendo algumas dificuldades, e nós não temos ainda como ajudá-lo, e teremos de ser bem fortes para lidarmos com o que vier pela frente.

Falar com nossos filhos sobre aquilo estava cortando o coração de Dália, que se controlava muito para não chorar.

— Sim, mãe, sei que estamos com problemas. Graças ao seu marido, não temos o que comer, e a senhora ainda apanha dele — expressou-se Tadeu, com certa agressividade.

— Eu já não lhe pedi para não ser desrespeitoso com seu pai, Tadeu?

— Mas o que posso fazer se ele é um incompetente que não consegue nem manter a família que ele mesmo criou? O único culpado disso tudo é ele, e não nós. Então, por que precisamos arcar com as consequências?

— Porque ainda somos uma família e, se Fernando está com problemas, precisamos tentar ajudar, nem que seja da forma mais sutil, mas precisamos. Ele não está conseguindo resolver tudo sozinho. Por mais que eu mesma queira acabar com isso tudo, sei que não posso.

— A senhora é realmente a melhor mãe do mundo, que, mesmo apanhando, ainda quer ajudar um homem que não a merece. Tanto que nem gosta mais de ficar perto dele. Eu já percebi isso.

— Eu não sou a melhor mãe do mundo, como não sou a melhor mulher do mundo, mas, por mais que queira acabar com tudo isso, também quero resolver.

Tadeu não conseguia entender o porquê daquilo, sendo que ele percebia que Dália já não sabia mais se me amava ou se tinha dó de mim. O fato é que não conseguíamos mais ter uma vida normal como família, nem como casal.

— Mamãe vai ajudar o papai porque ela não é ruim como você, Tadeu! — deixou escapar Enrique.

Tadeu quase partiu para bater em Enrique, mas foi interrompido por Dália, que, apenas com o olhar, já indicou que, se aquilo continuasse, os dois ficariam de castigo. Então, Tadeu voltou ao seu lugar. Tanto meus filhos quanto minha esposa estavam com as emoções à flor da pele, e qualquer palavra dita com outro tom já era motivo para causar a desordem em casa.

— Meus amores, prestem atenção em mim! Eu sei que vocês não têm nada a ver com o problema, mas, a partir de hoje, vamos ter algumas atitudes diferentes dentro de casa. A começar por você, Tadeu, que vive agredindo verbalmente as pessoas e até seu pai, então, controle-se antes que eu mesma tenha que tomar as providências com você. Entendeu?

Tadeu nada disse. Não gostou nada do que ouviu porque, no fundo, achava que Dália estava me defendendo. Mas defendendo de quê? Nem ele conseguia achar essa resposta dentro de si mesmo. Apenas ouviu calado.

— Quando quiserem falar alguma coisa, venham até mim e exponham o que estão sentindo, mas não se deixem explodir. Enrique, obrigada por ser sempre tão compreensivo.

— O que é ser compreensivo, mamãe? — perguntou Enrique em sua inocência de criança.

Dália, por alguns instantes, deu risada. Enrique sempre tinha algumas perguntas que nos faziam dar risada pela forma como questionava. Dália, então, respondeu:

— Ser compreensivo é quando a pessoa entende que a outra está tendo alguns problemas e, mesmo assim, não julga, não briga, apenas entende que precisa resolver, mas sem brigar. Entendeu?

— Entendi! Então, vou ser sempre compreensivo — disse Enrique, sentindo orgulho de ser compreensivo.

— Isso mesmo, meu anjo! Por mais difícil que seja, tente sempre ser compreensivo com as pessoas. Às vezes, elas só precisam de um pouco de atenção, e não de julgamentos.

A pergunta de Enrique fez Dália rir e acabou por conseguir relaxar um pouco diante dos meninos. Então, ali se encerrou o assunto sem que Tadeu dissesse mais nada, apenas ouvia cada palavra e remoía todos os sentimentos contra mim. Tentava não se expressar, porque sabia que qualquer palavra que dissesse a meu respeito seria agressiva, e só deixaria Dália mais nervosa.

— Vão estudar, meninos! Vou fazer o jantar com os mantimentos que a vovó Linda trouxe para nós.

Ambos partiram para seus quartos para fazerem as tarefas da escola. Enrique ainda estava contente por saber que ele era compreensivo. Já Tadeu estava ainda mais nervoso por perceber que sua opinião, naquele caso, de nada valia.

Dália sentiu uma paz muito grande ao contar aos meninos que a nossa situação era complicada, mas sabia que, a partir dali, as coisas precisavam ser esclarecidas, senão tudo iria piorar cada vez mais.

CAPÍTULO TRÊS

Não muito longe de nossa casa, estava acontecendo mais uma reunião na casa espírita onde eu e Josué havíamos ido. As palavras de Ezequiel foram as seguintes:

"Nessa jornada, passamos por dificuldades que julgamos, em determinados momentos, serem impossíveis de se resolver, impossíveis de lidar. Mas pensem: todas essas dificuldades são abismos? Não. Essas dificuldades são caminhos que devemos percorrer para poder aprender, para entendermos que a vida é muito mais que as pequenas coisas que valorizamos em excesso.

Não deixe que o seu medo, o seu orgulho e o seu ego destruam a jornada que lhe foi preparada com tanto amor pelo Mestre. Viva, sonhe e acredite, pois os sonhos só se tornam vivos quando acreditamos.

Faça das dificuldades seus desafios. Faça do caminho uma vida. Faça da vida um caminho. Faça de você um caminho de vida, um caminho de vibração, um caminho da mais pura energia: a energia de Deus!"

E assim se deu o encerramento da reunião, através da qual as palavras de Ezequiel ecoaram no ouvido de todos que estavam ali presentes.

Pena eu não ter presenciado tal momento, porque era de muita importância que eu tivesse ouvido tais palavras.

Ezequiel estava se preparando para ir embora, quando Maria, uma trabalhadora da casa, foi até ele para fazer alguns questionamentos sobre o tema falado.

— Ezequiel! Algumas dúvidas me surgiram durante as palavras, e gostaria que você me esclarecesse, se assim for possível — pediu Maria.

— Com toda certeza, vou lhe esclarecer todas as dúvidas que tiver, se eu souber, é claro! — brincou Ezequiel.

— Você hoje falou sobre as dificuldades que todos temos na vida. Mas porque temos tantos problemas, se a Natureza é tão perfeita?

— A natureza é realmente perfeita, Maria. Jamais tenha dúvidas disso. Mas e o homem?

— O que tem o homem?

— O homem é como a Natureza?

— O homem faz parte da Natureza, não é? Sendo assim, faz parte do meio.

— Exatamente. O homem faz parte da Natureza e faz parte do meio, mas são diferentes mesmo assim. A Natureza é perfeita! Mas e o homem? Também o é?

— Realmente, estamos bem longe da perfeição, Ezequiel. Mas é por essa nossa imperfeição que temos tantos problemas?

— A lei de ação e reação é sempre muito clara quando diz que tudo que você faz traz consequências que devem ser arcadas por você mesmo.

— Isso seria castigo de Deus?

— E desde quando Deus é um homem como nós, para ser impiedoso e castigar seus filhos?

— Mas todos sempre dizem para não fazermos algo porque Deus vai castigar.

— Todos que dizem isso também são homens, tão imperfeitos quanto todos os outros — disse Ezequiel, rindo.

— Então, não somos castigados, apenas respondemos por nossos atos?

— Exatamente. Apenas colhemos tudo o que plantamos aqui na Terra.

Aquela conversa elucidou muito Maria, mas ainda tinha algumas questões que a intrigavam sobre o assunto. Se todos respondiam por seus atos, então por que havia tanta gente inocente em desvantagem no mundo? Foi um questionamento que ela teve que fazer.

— Ezequiel, mas por que tanta injustiça com pessoas inocentes? — argumentou Maria.

— Injustiças não acontecem na vida. Todos nós estamos aqui para um propósito maior, que é a evolução moral e espiritual, e mesmo aqueles que achamos serem injustiçados não o são.

— Como assim?

— Vivências anteriores em que, por algum motivo, foram imprudentes com alguns assuntos e agora vieram para quitar alguns dos débitos que causaram aos outros e a si mesmos.

— Então, uma pessoa que nasceu com alguma deficiência cerebral, por exemplo, em outra vivência usou de má-fé?

— Não necessariamente. Cada caso é um caso particular, e cada um responde, com exclusividade, por suas ações. Muitas coisas podem ter acontecido para que hoje essa pessoa tenha vindo com essa deficiência, pois pode, inclusive, ter vindo com o intuito de ensinar algo para a família. Não podemos olhar para alguém e imaginar que, na outra vida, fez isso ou aquilo, por estar em determinada condição atualmente. Repito: cada caso é um caso e cada processo evolutivo é único e intransferível.

— Isso também se encaixa na lei de ação e reação, correto?

— Em alguns casos sim, e em outros não. Mas uma coisa é clara: sempre evoluímos na condição em que viemos. Condição essa escolhida por nós ou imposta, já que, algumas vezes, não estamos plenos de nosso discernimento para saber o que é bom ou não para nossa próxima vinda à Terra.

Aquela simples conversa entre os dois foi assistida por muitos Espíritos, que ali estavam para receber auxílio. Assim, Maria foi esclarecida, e outros amigos, com uma menor evolução no momento, também o foram.

— Muito obrigada, Ezequiel! — agradeceu a senhora.

— Não me agradeça por nada. Apenas compreenda tudo o que conversamos hoje, para que as dificuldades lhe façam sentido e aprenda, aos poucos, a lidar com cada uma delas e, caso haja qualquer questionamento, saiba que eu e todos os amigos do plano espiritual estaremos aqui para orientá-la – disse Ezequiel, com uma luz enorme que irradiava de si.

Chegando a sua casa, Ezequiel foi fazer suas preces de agradecimento por mais um dia de trabalho produtivo e esclarecedor. Todos que estavam lá presentes tinham um propósito maior, que era o aprendizado e a ajuda espiritual. Depois, abraçou sua esposa, que, de imediato, perguntou como foram os trabalhos na casa espírita.

— Como foi hoje, Ezequiel? – questionou Ivone.

— Graças ao grande Pai, tudo caminhou bem, meu amor! – Ezequiel respondeu-lhe carinhosamente.

— Graças a Deus!

— Mas tive algumas sensações que me fizeram lembrar de dois rapazes que compareceram na última reunião, e que hoje não estavam lá.

— Quem eram esses rapazes?

— Eu também não sei. Eles só foram uma única vez, mas, por algum motivo maior, senti que precisavam estar na casa espírita hoje.

Ezequiel, com sua sabedoria espiritual, sentia que nós, eu e Josué, estávamos precisando de ajuda, mas não sabia como nos ajudar por enquanto, já que não estávamos mais indo à reunião espírita. Seus mentores espirituais o orientaram, então, a fazer uma prece por nós, para que pudéssemos encontrar uma luz em nosso caminho, já que estávamos tão perdidos em nossas decisões e ações.

Ezequiel disse:

— Um deles me pareceu ser mais firme e saber mais o que fazia. Parecia-me que estava perdido por gostar da vida mundana. Já em relação ao outro, senti, em seu simples olhar, que nem ele mesmo estava conseguindo entender o porquê de estar nessa situação.

— Você tentou conversar com eles? – questionou Ivone.

— Na verdade, não tive tempo naquele momento. Quando a reunião terminou, eles já se levantaram e foram embora, sem que ao menos desse tempo para que eu pudesse saber seus nomes.

— Quando for a hora, você vai encontrá-los de novo, para poderem conversar.

— Que assim seja, meu amor! — disse, sorrindo e esperançoso.

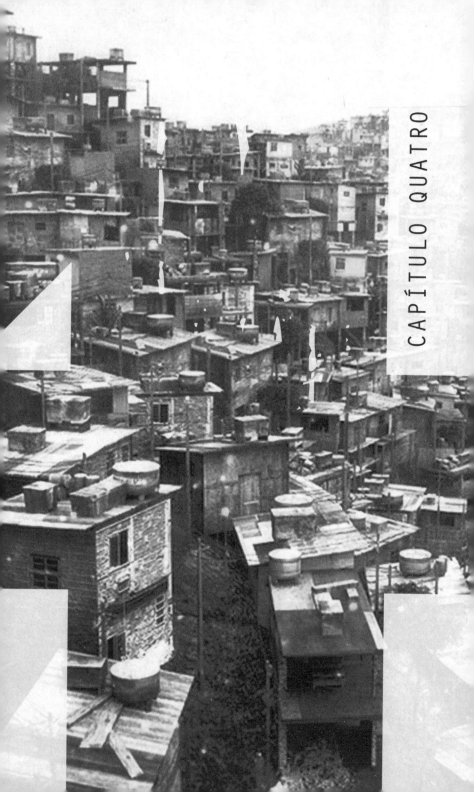

CAPÍTULO QUATRO

Estar diante de Chicão era, para mim, um grande desafio, pois, internamente, eu tinha uma grande repulsa por aquele homem de grande porte e careca, que sempre carregava no rosto uma expressão ambiciosa e intimidadora, a ponto de sempre me fazer evitar estar ali com ele, mas mesmo assim eu havia decidido que enfrentaria o que fosse preciso e quem fosse preciso para conquistar meus objetivos, mesmo que eles fossem adquiridos de uma forma prejudicial a mim e aos outros.

— Sim, Chicão, vim para que você me passe o trabalho que for, afinal, estou aqui para isso, para trabalhar, e não mais para escolher trabalho — falei, mostrando determinação e escondendo toda a minha desconfiança por ele.

— Vejo que demorou muito para este dia chegar, mas, finalmente, chegou. Sei que você sempre foi capaz de desenvolver qualquer esquema que eu lhe passasse, mas sempre teve muito medo. Esse caminho não é para os medrosos, mas, sim, para os corajosos, que sabem que, para crescer, é necessário fazer algumas renúncias! — exclamou Chicão.

— Mas que tipos de renúncias?

— A renúncia da sua própria moral. Afinal, aos olhos dos outros, o nosso trabalho não é o que se chama de trabalho digno — disse, rindo.

— Por esse motivo, eu tanto evitei entrar nesse mundo.

— Mas esse mundo já está dentro de você, senão sequer teria vindo me procurar.

Um frio me percorreu toda a coluna, deixando-me com um grande medo, mas eu não podia demonstrar aquela sensação, para que ele não percebesse e usasse isso contra mim.

— Mas não importa isso agora. O que importa é que vim trabalhar — tentei mostrar confiança nas palavras.

— Exatamente! Está aqui para trabalhar e não para conversar, não é mesmo? Afinal, sou um homem de negócios e não um psicólogo — Chicão gargalhou alto.

— E, assim que conquistar o que quero, posso voltar a ter uma vida normal.

Nesse momento, Chicão parou de rir. Olhou

para Josué, que estava ao meu lado, olhou para cima, como quem procurava as palavras para me dizer algo importante e, então, disse:

— Acho que não ouvi direito o que você disse, meu caro Fernando.

— Que posso voltar a ter uma vida normal assim que conquistar o que quero.

Percebi que o que havia dito não seria possível. Chicão, então, voltou a me olhar e, com uma expressão séria, perguntou-me:

— Voltar a ter uma vida normal?

— Sim, Chicão — quase não consegui pronunciar as palavras, mas, com esforço, saíram.

— Sua "vida normal" acabou desde o primeiro dia em que me procurou. E só não mandei que o procurassem porque tenho muitas coisas a fazer e ainda não queria me preocupar com você, porque sabia que logo voltaria, mas, caso não voltasse, eu mandaria que o fizessem voltar, por bem ou por mal. Aqui, nesses nossos empreendimentos, você constrói uma carreira definitiva — disse Chicão, ironicamente.

— Carreira definitiva? — questionei, não entendendo.

— Uma carreira fixa e sem caminho de volta, afinal, você escolheu isso, e eu jamais poderia permitir que nos deixasse. Gosto muito de você, meu caro, então pode ficar tranquilo que não vou deixá-lo sair daqui. Ou seja, se tentar sair ou mudar de vida, como quiser chamar, saiba que mando lhe buscarem mesmo que seja no inferno, mas, desse mundo, você não se afasta mais. — Nessa hora, Chicão mudou a expressão séria para um tom leve, continuando a falar ironicamente: — Aqui, eu não registro ninguém, mas deixo carimbada a vida dos meus funcionários. Entrou, não sai mais! Fui claro, Fernando?

Josué sabia disso, afinal, já estava nesse mundo antes de mim, mas até ele sentiu suas pernas bambearem com o tom que Chicão usou. Eu nada consegui dizer porque, no mesmo momento, lembrei-me da minha família, que dependia de mim, e não podia decepcioná-los mais. Seria muito desgosto para eles saberem o que eu estava me tornando, mas, se eu queria lhes dar uma vida melhor, alguns sacrifícios seriam necessários, e aquele era o maior dos sacrifícios que conseguia imaginar para mim.

Por alguns segundos, todos permanecemos calados, diluindo tudo o que Chicão disse e pensando no tal caminho sem volta em que eu havia me metido, mas eu já estava ali, não tinha mais o que fazer para mudar a situação. Um medo muito grande e uma angústia estavam me deixando inquieto. Tentei me acalmar para não demonstrar isso. Levantei a cabeça com firmeza e disse a Chicão:

— Não importam as consequências, quero trabalhar — disse eu, sendo tomado por uma força que não sabia de onde vinha, e que apenas me fazia sentir coragem para seguir em frente.

— Como a sua única opção é essa, volte amanhã. Vou organizar algumas tarefas para você ir se adaptando com suas novas funções e poder realizar tudo o que eu lhe passar.

—Voltarei, Chicão!

Levantei apressadamente da cadeira, pegando Josué pelo braço para sairmos dali o mais rápido possível. Josué, por sua vez, queria ficar por mais alguns instantes, a fim de demonstrar a Chicão que queria estar ali e ter também mais trabalhos. Sua real intenção era bajular o chefe para ir ganhando cargos e poder, mas eu só queria ir embora. Então, partimos, a contragosto de Josué.

— Fernando, você sentiu o que eu senti quando Chicão falou sobre o seu trabalho? – perguntou Josué, esperando que a minha resposta fosse a mesma que ele estava pensando.

— É claro que não! Não tenho medo de traficante – tentei ser firme.

— Mas não foi o que pareceu. Algo me diz que você tremeu as pernas assim como eu.

— Pois algo me diz que você está definitivamente errado – tentei insistir.

— Conte para o seu amigo aqui, Fernando. Não precisa ter medo de mim. Eu não sou matador – disse, rindo.

Pensei por alguns instantes e percebi que mentir para Josué não adiantaria nada, pois ele havia percebido que eu havia sentido muito medo. Eu achava que não tinha mais nada a perder, então, seria melhor mantê-lo como meu amigo, e confessei:

— Sim, Josué! Senti algo muito ruim a cada

palavra que Chicão pronunciava. Não sei explicar o que aconteceu exatamente, mas sei que senti medo.

— Senti isso também e percebi todo o seu medo. Aposto que Chicão percebeu também. Você parecia querer esconder, mas não conseguiu. Cuidado para ele não explorá-lo demais. E não fique bajulando o chefe, ele não gosta nem um pouco dessas coisas.

— Não vou fazer isso. Essa função já é sua, não é? – falei, rindo dele.

Todo desconcertado, Josué respondeu na hora:

— Está ficando louco? Eu não sou desses. Vou crescer por merecimento, e não por adular traficante.

Eu sabia que Josué era, na verdade, um rapaz que tentava ser muito esperto e parecia não se importar muito em passar por cima das pessoas para subir na vida. Só não havia conquistado nada ainda porque não era muito inteligente, mas apenas esperto demais, ou se achava esperto. Não retruquei nada na hora, porque não chegaríamos a lugar nenhum com aquela discussão. Apenas concordei, fazendo com que ele achasse que havia conseguido me enganar sobre suas ambições.

— Vou para casa ver minha família e, amanhã, volto para o inferno — era como eu havia começado a chamar o escritório de Chicão.

— Boa noite, Fernando! Amanhã, passo na sua casa, e vamos juntos.

— Boa noite!

Fui andando até minha casa, enquanto assimilava cada palavra que havia ouvido, pois, para mim, não era fácil admitir que eu estivesse entrando para o mundo do tráfico, ou melhor, que já estava dentro e não tinha mais como sair.

Eu precisava descansar um pouco, estava me sentindo enfraquecido depois de ter estado diante de Chicão, dentro do inferno. Fui para a minha casa, onde sabia que minha fortaleza estaria: minha esposa e meus filhos. Mesmo sabendo que as coisas em casa não iam nada bem, ainda acreditava que, ao entrar, eles estariam bem, e isso já me deixava mais calmo.

Entrei em casa e não tinha ninguém na sala, nem na cozinha. Olhei e vi as crianças dormindo. Mesmo tendo várias desavenças com Tadeu, eu o amava. Já Enrique era um dos meus maiores motivos de alegria, pois, mesmo percebendo que eu não estava bem, vinha sempre disposto a me dar forças com seu jeito encantador e inocente, ainda que não soubesse o que se passava comigo e com os outros. Fui até meu quarto, onde encontrei Dália dormindo, mas inquieta. Fiquei observando-a por alguns instantes, até que ela despertou do sono, como quem tivesse levado um susto. Eu apenas sorri, esperando em troca outro sorriso, mesmo sabendo que ela tinha todos os motivos para me odiar. Dália não sorriu como eu esperava, apenas me olhou fixamente, fazendo uma expressão de tristeza, que me destruiu por dentro, mesmo sabendo que eu merecia.

— Onde você estava até agora? — perguntou.

— Estava na rua com Josué. Precisava esfriar a cabeça.

— Eu já lhe pedi para não ficar muito próximo a Josué. Sinto que ele não é uma pessoa de confiança. Algo nele me incomoda muito.

— Sei disso, Dália, mas nos esbarramos na rua, e, então, ele me acompanhou.

— Acompanhou? Aonde vocês foram?

— Fui andar, resolver assuntos e procurar algumas saídas para melhorar nossa situação.

— Mas aonde vocês foram, Fernando? – insistiu Dália, com certa preocupação.

— Já lhe disse! Fui atrás de uma vida melhor para nós.

Dália sempre temeu que eu acabasse me envolvendo com pessoas que me mostrassem o lado fácil da vida. Mal sabia ela que esse lado não era nada fácil, mas, mesmo assim, acabei me envolvendo.

— Até quando vai continuar me escondendo por onde tem andado e o que tem feito? – questionou, com voz quase suplicante.

— Não estou lhe escondendo nada, Dália. Apenas estou lhe dizendo que fui resolver minha vida. Só lhe peço paciência, pois logo mudaremos de vida.

— Mas não quero mudar de vida sem saber

como está a sua vida. Somos um casal e, nos votos, diante do padre, juramos que enfrentaríamos todos os problemas juntos, não se lembra?

Aquela pergunta entrou em meus ouvidos e desceu cortando até meu coração. Ela tinha razão, mas como iria dizer a ela que eu estava me envolvendo com um traficante e que, mesmo que eu quisesse, já era tarde para voltar atrás? As minhas escolhas já haviam sido feitas. Boas ou más, já haviam sido feitas.

— Sim, meu amor, eu me lembro! Só lhe peço paciência.

— Fernando, quero de volta o homem com quem me casei. O homem que jurou para mim que faria de tudo para sermos felizes, mas sempre com muito amor e muita confiança. Mas o homem que está diante de mim não é o mesmo que conheci. Na verdade, já não o reconheço mais. De uns tempos para cá, tem estado totalmente à parte dos nossos problemas. Tenho me sentido mãe e pai dos meninos, porque você já não é mais presente. Chegamos a um estágio em que até a convivência está se tornando insuportável, a ponto de eu apanhar sem ao menos saber o motivo!

Ouvir tudo aquilo era como se me jogassem um saco de cimento, porque o peso de cada palavra era grande demais.

Dália continuou:

— Jamais esperei que um dia fôssemos chegar a esse ponto, porque você nunca demonstrou nenhum desequilíbrio tão forte, como parece estar tendo. Eu lhe imploro: explique-me o que está acontecendo. Jurei estar ao seu lado na saúde e na doença, na riqueza e na pobreza!

— Até que a morte nos separe! — terminei a frase de Dália, com grande aperto no coração e com os olhos marejados.

— Não sei se chegaremos juntos até a morte, Fernando. Mata-me por dentro dizer isso, mas não sei mais aonde chegaremos dessa forma.

— Você está se separando de mim, Dália?

— Não, meu amor! Só estou tentando lhe dizer que precisamos ter a mesma cumplicidade que tínhamos antes, senão as coisas irão se perder cada vez mais, até chegar a ponto de nos perdermos e não sabermos mais o que estamos fazendo juntos. Não sou apenas uma mulher que se casou com Fernando de Lima Albuquerque. Sou sua companheira!

— Por favor, Dália, peço-lhe compreensão neste momento. Não tenho como lhe falar o que está acontecendo. Você jamais entenderia, e preciso dar uma vida melhor para vocês.

— Nada do que estou dizendo o faz repensar, não é? — disse Dália segurando o choro.

— Você não consegue imaginar como me dói ouvir cada palavra que me diz e nada poder fazer, neste momento, para voltar atrás.

— Pelo jeito, as coisas continuarão assim e não mudarão por muito tempo.

— Não diga isso, meu amor, por favor! — falei, indo em sua direção para abraçá-la.

— Fernando, não precisa me abraçar agora. O que menos preciso neste momento é do abraço de um homem que não conheço. Quando estiver disposto a me abraçar, sendo o homem com quem me casei, então, sim, darei esse abraço. Você me pede tanto para que eu tenha paciência, mas e os meus sentimentos? Nada valem?

Via, nos olhos de Dália, que seu coração

estava apertado, tentando segurar o choro para conseguir continuar a falar, mas sua tentativa foi em vão, e ela, muito angustiada, começou a chorar copiosamente, perdendo o controle de si. Eu precisava ser forte para poder lhe dar forças naquele momento, mas tudo o que ela queria era exatamente o que eu não estava conseguindo ser.

— Dália, por favor, acalme-se! Logo tudo vai melhorar, e nós voltaremos a ter nossa vida de antes, com todo o conforto que tínhamos — tentei acalmá-la.

— Não quero conforto, só quero paz! — disse, começando a controlar o choro.

Nada me vinha à mente para dizer, porque tudo que dissesse não seria o suficiente para acalmá-la ou fazê-la entender que o que eu estava fazendo era para o bem de todos nós. Mas sei que ela jamais entenderia, afinal, Dália sempre fora uma mulher com opinião forte e jamais admitiria o que eu estava me tornando.

— Preciso tomar um banho antes de me deitar. Amanhã, levanto cedo.

— Fernando, espere! — disse Dália com voz

baixa, tentando ainda esconder as lágrimas que, há pouco, haviam caído.

Um silêncio, naquele momento, tomou conta de nosso quarto. Ela não dizia nada, eu também não, apenas ficamos parados nos olhando, tentando decifrar, mentalmente, o que o outro estava pensando. Enquanto isso, Dália foi tomando coragem para me falar o que queria. Continuei ali parado, esperando-a dizer qualquer palavra que fosse, mas ela não conseguia, então, perguntei:

— Quer me falar algo, Dália?

Dália respirou fundo, olhou firmemente em meus olhos e disse:

— São apenas duas coisas que tenho a lhe dizer, Fernando. A primeira é que percebi que não vamos resolver nenhum assunto neste momento, afinal, você ainda não está disposto a confiar em mim, ou apenas me explicar o que se passa. Dessa forma, em respeito a mim mesma e aos nossos filhos, vou aceitar o convite de minha mãe e ir passar uns dias na casa dela, até que você saiba o que quer de verdade ou até que aceite a minha ajuda como companheira na sua vida.

— Vai me deixar aqui em casa sozinho?

— Você já está sozinho há muito tempo, Fernando! Está fazendo suas escolhas e as consequências são inevitáveis.

— Mas, meu amor...

— Desculpe-me, Fernando, mas, desta vez, não estou lhe dando mais opção. Minha decisão só dependia de como seria nossa conversa, e como, mais uma vez, não chegamos a lugar nenhum, então irei passar alguns dias na casa de minha mãe com as crianças para você poder refletir e pensar no rumo que está dando à sua vida.

Dália não tinha a menor ideia de que minha decisão não poderia mais ser deixada de lado. Como Chicão mesmo disse: Entrou, não sai mais! E assim seria. Eu iria trabalhar para ele de uma forma ou de outra. Não poderia correr o risco de colocar minha família em perigo, somente por desobedecer aos caprichos e ordens do Chefe.

— E você volta quando, Dália? – perguntei, achando que seriam alguns dias.

— Sou eu quem lhe pergunta: você volta quando? Minha vida, neste momento, não depende somente de mim, mas de nós. Não ache que está sendo fácil pra mim. Esta decisão acaba comigo, mas sei que é necessária.

Pensei por alguns instantes e vi que nada que eu dissesse faria Dália mudar de opinião. Só me restou aceitar, porque, da mesma forma que eu estava tomando minhas decisões, ela também estava tomando as dela, por consequência das minhas.

— Você disse que tinha duas coisas para me falar. Qual é a segunda?

Dália olhou nos meus olhos mais uma vez e, então, falou:

— Jamais se esqueça de que, por algum motivo que eu mesma desconheço, ainda o amo. Não está sendo nada fácil para mim, deixá-lo aqui, mas também não está sendo fácil permanecer.

Não tive mais como conter as lágrimas e acabei chorando. Um choro angustiado, mas, ao mesmo tempo, esperançoso, porque, no fundo, Dália ainda me amava, e isso me dava forças para continuar sacrificando-me para dar uma vida melhor a eles. Aquele era o único caminho que eu conseguia enxergar para mudarmos de vida, e as consequências já estavam acontecendo. Mesmo com muito medo e insegurança, alguma força me motivava a continuar. Eu oscilava entre me julgar e me acalentar, afinal, tudo aquilo tinha dois pesos e duas medidas. A vida se encarregaria de me julgar.

— Amanhã, arrumarei as malas das crianças e as minhas, e iremos para casa de minha mãe. Não se preocupe, que os meninos me ajudam com as bagagens.

— Eu lhe ajudo com as malas, Dália!

— Não precisa, Fernando. Use esse tempo para resolver sua vida. Estarei lá, esperando ansiosamente o dia em que você vai chegar para nos buscar e dizer que está tudo bem de verdade.

— Dália… Eu a amo! Perdoe-me!

— Não me peça perdão por nada. Olhe para dentro de si e veja o que pode e o que deve mudar. Esse será o nosso maior perdão.

Dália viu que para mim as coisas não estavam sendo fáceis também. Ela sempre foi assim, percebia na hora o que estávamos sentindo, mas tentava manter-se firme. Ao perceber isso, ela veio e ficou na minha frente, e disse ao meu ouvido:

— Esse tempo será importante para nós todos. Eu o amo, Fernando, e quero o nosso bem — sorriu levemente e se recompôs. — Agora, vá tomar seu banho e deitar-se. O sono será necessário para nós dois.

Ela conseguia me deixar cada vez mais sem palavras, acalmando-me com seu sorriso, e, então, fui para o banho, e todas as suas palavras vinham em minha cabeça como um furacão, rodando, rodando, e deixando-me perdido, mas sabendo que, dentro de toda aquela ventania, existia um centro de equilíbrio, que eu ainda iria encontrar.

Deitei-me quieto ao lado de Dália, para não atrapalhá-la, e, aos poucos, fui pegando no sono. A única coisa que poderia fazer era tentar relaxar, porque o dia seguinte seria mais difícil que os outros. Então, relaxei e dormi.

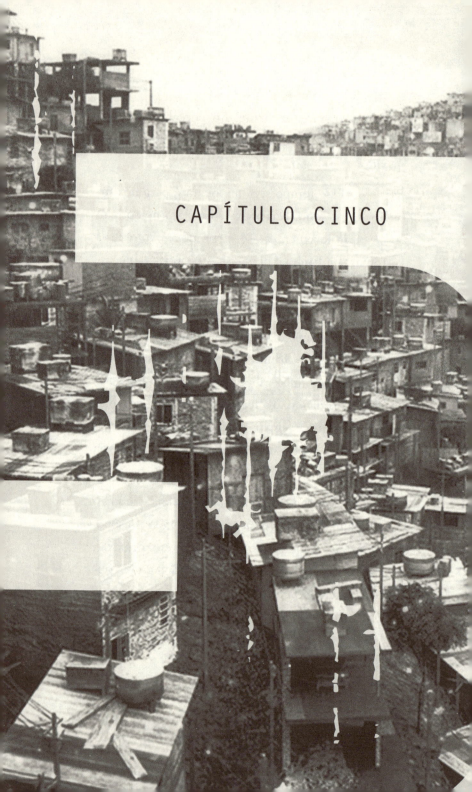

CAPÍTULO CINCO

Naquele dia, acordei com o corpo muito cansado, parecendo que havia trabalhado a noite toda, e mal conseguia me levantar. Olhei para o lado e vi que Dália já havia se levantado. Levantei-me rapidamente e fui procurá-la, pois senti um medo muito grande de ela já ter partido. Mesmo sabendo que em nada mudaria sua opinião, ainda tinha muito medo de que ela realmente fosse. Fui para a cozinha e lá estava ela, tomando café da manhã com as crianças. Era pouca coisa, mas o que dona Linda tinha levado fora o suficiente para poderem se alimentar por alguns dias.

— Bom dia, papai! — disse Enrique, vindo correndo em minha direção para me dar um abraço.

Eu o abracei muito forte, pois tinha muito medo de que aquele abraço viesse a demorar muito tempo para acontecer de novo.

— Bom dia, meu filho. Dormiu bem? — perguntei.

— Dormi sim, papai. Eu e Tadeu já arrumamos nossas coisas para irmos com a mamãe para a casa da vovó Linda.

— Então, vocês irão mesmo?

Dália tomou a frente, antes mesmo de Enrique poder responder-me:

— Sim, Fernando, nós iremos. Já arrumei minhas coisas e as crianças também.

A firmeza na voz de Dália não me deixou restarem dúvidas: ela estava certa de que iria para a casa da mãe.

— Posso ir com vocês até lá, Dália?

— Eu ajudo minha mãe, obrigado. Não precisa ir conosco — interveio Tadeu, com ar de superioridade.

— Tadeu, tome o seu café — pediu Dália, advertindo o filho. — Sim, Fernando. Pode nos ajudar com as malas. Mas, por favor, não tente confundir as crianças ou a mim pelo caminho.

— Não farei isso, meu amor. Quero, pelo menos, estar perto de vocês.

Todos, então, terminaram de fazer o que estavam fazendo e foram pegar suas coisas para irem embora. Apenas fiquei olhando cada um por alguns instantes. Um desespero quase tomou conta de mim, afinal, não era fácil ver minha família partindo porque eu não havia dado conta de cuidar das pessoas que eu mesmo me comprometi a cuidar. Um misto de choro e agonia foi tomando conta, então preferi esperá-los do lado de fora, pois só assim conseguiria me controlar.

Partimos para a casa de dona Linda. A distância era curta, então fomos andando. Durante o trajeto, nenhuma palavra era pronunciada. Apenas Enrique, que, com sua mochila nos ombros, brincava pela rua, pulando e cantarolando. Aquela inocência me machucava mais ainda, pois, na verdade, ele não compreendia por que estavam indo passar alguns dias na casa da avó, apenas achava que estávamos com problemas, então, eles iriam passear alguns dias para se divertir e tudo voltar a ficar bem. Confesso que admirava aquela inocência, que, há muito, eu havia perdido, não restando nem mesmo uma simples fagulha dela dentro de mim.

Chegamos à casa de dona Linda, que nos recebeu com um enorme sorriso para tentar amenizar toda a tensão que estávamos sentindo naquele momento.

— Bom dia, dona Linda! Como vai a senhora? — perguntei.

— A senhora está no céu, Fernando. Mas estou bem sim, obrigada. E você? — brincou dona Linda.

— Estou bem também — tentei mostrar verdade no que dizia, mas era quase impossível.

— Pois bem, entrem, crianças, e vão deixar suas coisas na sala. Depois, arrumamos tudo.

Um silêncio novamente pairou sobre nós. Dona Linda percebeu que precisava entrar para deixar eu e Dália a sós por alguns instantes. Então, disse:

— Vou entrar para ajudar as crianças. Adeus, Fernando! Espero vê-lo em breve para buscar sua família. Eles precisam de você, e você precisa deles. Fique bem, meu filho!

— Obrigado, dona Linda!

Dona Linda entrou, e ficamos, eu e Dália, parados no portão, sem saber o que dizer. Aquele momento estava sendo difícil para mim, tanto quanto estava sendo para ela.

Dália tomou a frente:

— Prometa-me uma coisa, Fernando?

— Claro, meu amor.

— Prometa-me que, nesse tempo, você vai pensar em tudo o que conversamos...

— Eu lhe prometo.

Como num impulso, abracei Dália, sem saber se ela aceitaria ou não, e a apertei muito forte em meus braços. Era muito bom senti-la perto de mim. Dália, por opinião mais forte que tivesse, deixou-se envolver pelo momento e me abraçou também. Foi, então, que ela se aproximou do meu ouvido e disse bem baixinho:

— Vou estar aqui para a hora em que o meu marido decidir voltar e estar comigo.

— Mas estou aqui, Dália — falei, quase chorando.

— Estou me referindo ao marido que conheci, o Fernando com quem me casei. Eu o amo, meu amor!

Ambos deixamos algumas lágrimas caírem, de maneira inevitável, por mais fortes que pudéssemos estar sendo. Dália se despediu e entrou na casa de sua mãe. Com um último olhar, ela sorriu docemente e foi fechando o portão. Então, eu parti, pois ficar ali de nada adiantaria. As escolhas já estavam sendo tomadas, as consequências eram claras e reais, e a minha punição, naquele momento, estava sendo a dor no coração.

A caminho do escritório de Chicão, decidi fazer outro percurso, diferente do habitual, pois não estava querendo me deparar com Josué e ter que encarar suas ideias malucas, então fiz um caminho no qual teria de passar pela casa espírita que havia ido conhecer junto com Josué. Passando em frente, vi um homem saindo de um carro e reconheci ser Ezequiel. Minha intenção era passar despercebido, mas ele me avistou e, de imediato, sorriu para mim. Não podia sair correndo e teria de conversar com ele para não parecer que estava fugindo.

Ezequiel, então, exclamou:

— Pois olhe só quem acabo de encontrar! Como você está, meu jovem?

— Estou bem, e o senhor?

— Por favor, não me chame de senhor. Sou apenas alguns anos mais velho que você. Posso notar isso sem mesmo saber sua idade — falou, brincando comigo.

— Tudo bem. Como você está? – perguntei, meio desconcertado.

— Estou bem também, graças ao bom Deus. Estava mesmo querendo vê-lo novamente, mas não sabia onde encontrá-lo, nem ao menos o seu nome eu sei.

— Muito prazer, meu nome é Fernando.

Eu, realmente, não estava entendendo onde Ezequiel queria chegar com aquele papo sem graça. Eu estava com pressa e não queria perder tempo ali, mas, por algum motivo, senti-me bem perto dele, então, acabei ficando ali um pouco.

— Compareci a uma palestra que houve aqui na casa e gostei muito. Suas palavras me fizeram refletir muito, Ezequiel. Pena que, na vida real, as coisas não sejam tão simples como nas palavras ditas.

— Realmente, Fernando, as palavras, quando ditas, podem ou não serem assimiladas, e vai caber a nós, quando assimilarmos, entendermos com a mente ou com o coração. Ambas as formas têm sua eficácia, apenas vai depender de sua maior necessidade no momento de seu aprendizado.

Aquele homem sabia como deixar as pessoas sem palavras, e sempre muito pensativas. Mesmo sem conhecer muito sobre energia, eu sentia que a de Ezequiel era muito boa, pois era muito agradável ficar perto dele.

— Então, você também admite que falar é mais fácil do que fazer? – perguntei, esperando ouvir alguma explicação.

— Com toda a certeza!

— Com toda a certeza? Não vai nem se opor ao que eu disse?

— Por que eu faria isso se você está coberto de razão? Nós falamos o tempo todo, sejam amenidades ou não, mas estamos constantemente falando sobre um assunto ou outro. Mas, quando paramos para falar temas que podem alcançar o mais íntimo do ser humano, aí, então, a pessoa que ouve deve receber o que for dito não somente como palavras fáceis de serem ditas, mas palavras que, quando assimiladas, podem fazer toda a diferença na vida e podem até lhe dar a força impulsionadora para a mudança. Tudo vai depender da atitude da pessoa.

Mais uma vez, Ezequiel havia conseguido me deixar pensativo, porque eu tinha ouvido tudo o que ele havia dito na reunião na casa espírita, mas não seria fácil colocar em prática. Eu havia, realmente, tomado minhas decisões, mas tudo indicava que não eram as melhores para mim, nem para minha família, porém sabia que era necessário sacrificar-me pelo bem de Dália e dos meninos.

— E, então, Fernando, quando virá novamente a uma reunião? Traga seu amigo junto, será bom para vocês.

— Josué? Aposto que ele não vem, mas, se eu vier, tentarei trazê-lo também.

— Estarei esperando por vocês. Será muito bom recebê-los novamente, ainda mais agora, que já o conheço. Ainda conversaremos com mais calma.

Ezequiel disse aquilo com certa confiança no olhar, transmitindo-me muita paz, e, por algum motivo, era como se o olhar dele me dissesse que ele sabia de todos os meus problemas, mas que estava esperando o momento certo para falar.

Na dúvida, arrisquei perguntar:

— Sobre o que quer conversar? Sabe alguma coisa sobre mim? Alguém lhe contou algo a meu respeito?

— Acalme seu coração, Fernando! Nada sei a seu respeito, mas, quando puder, gostaria de conhecê-lo melhor. Quem sabe eu possa ajudá-lo em algo que está sendo muito difícil de compreender em sua vida. Quando sentir-se à vontade, venha aqui.

— Quando der, eu venho, mas agora preciso ir embora. Tenho alguns assuntos a resolver, e o dia será bem corrido.

— Vá na paz de Deus! Até breve, Fernando!

Eu queria muito ficar ali conversando horas e horas com Ezequiel, mas uma força maior tentava me tirar dali. Era como se meu coração quisesse ficar, mas minha mente não deixasse, então preferi ir embora logo para, finalmente, encontrar-me com Chicão.

Fui caminhando apressadamente para o meu destino que tanto me amedrontava. Eu, realmente, tinha muito medo de entrar naquele local, pois era algo fora do comum de tão pesado e denso.

Ao chegar ao portão, havia dois homens conversando. Eles eram os seguranças do local, para garantir que não haveria invasão de outras pessoas, fossem elas policiais disfarçados, ou pessoas de outras gangues indo para enfrentar Chicão, ou até mesmo matá-lo, afinal, Chicão não era o tipo de homem que carregava consigo bons e velhos amigos. Muito pelo contrário, eram pessoas com quem tinha desavenças pelo mundo do tráfico ou pessoas que lhe deviam. Ao entrar no escritório, deparei-me com Josué, que se comportava no ambiente como se fosse um velho amigo de Chicão, que, por sua vez, não demonstrava muita liberdade na conversa, procurando manter-se na posição de soberania.

Chicão, ao me ver, foi logo dizendo:

— Fernando, meu grande amigo! Que bom revê-lo.

— Mas foi você quem me mandou voltar hoje — disse eu, sem muita vontade de conversar.

— Isso não importa, meu caro. O que importa é que estou feliz em vê-lo, afinal, hoje é a sua grande retomada aos nossos negócios, não é mesmo?

Respirei fundo e respondi:

— Sim! Hoje, vim aqui a trabalho, e não para conversa fiada.

— Não seja mal educado nas palavras, meu grande amigo. Sente-se aqui no lugar de Josué.

Josué, que nem havia me cumprimentado, olhou para Chicão sem entender o porquê de ele o estar dispensando, sendo que poderia ficar ali dentro conversando também, afinal, ele queria trabalhar tanto quanto eu.

— Não vai se levantar, Josué? — perguntou Chicão, com certa arrogância na voz.

— Sim, eu vou. Aonde vou me sentar? — Josué perguntou com imenso medo.

— Você não precisa se sentar. Sei que está magro demais e parece ser bem fraquinho, mas já é um homem. Ou melhor, não precisa se sentar e nem precisa ficar aqui dentro. Espere lá fora enquanto eu converso com Fernando.

Nesse momento, Josué, se pudesse, teria me matado com os olhos, tamanha a raiva que sentiu. Mesmo sem eu ter culpa de nada, ele me olhou como se eu o tivesse expulsado da sala. Saiu com muita raiva, mas saiu, batendo a porta. Parecia até uma criança fazendo birra com o irmão diante do pai.

— Pronto, agora estamos mais à vontade. Aquele ali tenta ser esperto demais, tentando me agradar constantemente. Eu deixo, mas, se tentar me prejudicar, ele vai entender onde foi que se meteu de verdade — Chicão referia-se a Josué.

Naquele momento, tive a certeza do que eu havia constatado anteriormente sobre Josué. Mas preferi não pensar naquilo, pois não era da minha conta.

— Vamos aos negócios, meu caro. Tenho um trabalho ótimo para você retomar seu pique e pegar o jeito das negociações.

— Que tipo de trabalho, Chicão?

— Esse, por enquanto, é simples e fácil. Se você fizer esse direito, vou lhe dar um melhor, com um lucro maior ainda. Tudo vai depender de você. É preciso discrição e boa lábia.

— Boa lábia eu tenho e discrição também.

— Exatamente por esse motivo que o escalei. Pois bem, vou lhe entregar, hoje mesmo, algumas mercadorias, e você terá de repassá-las para um vendedor. Mas esse vendedor não gosta muito da minha mercadoria porque fala que não é de boa qualidade. Então, você vai se passar por entregador de outro fornecedor e terá de convencê-lo de que sua mercadoria é boa. Simples, não é mesmo?

— Simples até demais. É só isso?

— Essa parte é onde entra o problema. Esse vendedor está numa favela em tentativa de pacificação, então, está cheia de policial o tempo todo, e, vez ou outra, acontecem tiroteios. Terá que ser muito discreto mesmo para conseguir entrar, fazendo-se passar por morador.

— Mas isso é perigoso, Chicão! Se me pegarem, irão me prender ou posso até levar um tiro.

— Mas isso é um problema que terá de resolver. Você está trabalhando, e todo trabalhador tem de saber como fazer seu trabalho, ou seja, "se vira", que você consegue.

Chicão não dava a mínima para a vida das pessoas, o principal objetivo dele eram os lucros, não importavam os meios necessários, apenas que déssemos lucros a ele. Jamais aceitaria ter prejuízo, fosse qual fosse o motivo.

— Tudo bem. Eu irei, Chicão, mas corro muito risco numa tarefa dessas.

— Eu já lhe disse que o problema é seu. Dê um jeito e volte aqui sem nenhuma mercadoria e com o dinheiro. Quer que eu repita? Acredito que fui muito claro no que disse — falou Chicão com tom de ironia e imponência.

— Não precisa repetir. Quando eu irei?

— O que você acha de fazer isso hoje?

— Hoje? Mas nem conheço a favela aonde vou entrar.

— Não lhe fiz uma pergunta para você escolher. Será hoje, meu caro Fernando.

Chicão, na mesma hora, chamou Josué em um grito forte e seco:

— Josué, vá à outra sala e traga a mercadoria que já está separada para Fernando levar.

— Qual mercadoria? — perguntou Josué, meio perdido.

— Você é sonso, Josué? Acabei de falar que a mercadoria já está separada. Pegue logo e traga aqui. Ande!

Josué, mais uma vez, olhou-me com muita raiva, mas eu nada poderia fazer, porque era Chicão quem dava as coordenadas ali. Buscou a mercadoria e trouxe para nós na sala. Chicão então, novamente, debochou de Josué:

— Foi difícil achar?

— Não, já estava separada. Achei rápido.

— Pois foi o que lhe disse. Mas vamos ao que interessa. Josué, você irá com Fernando para lhe dar cobertura. Fernando subirá o morro, e você ficará lá embaixo observando a movimentação, para o caso de algum problema ocorrer. Entenderam?

— Sim, entendemos. Mas não seria melhor Josué subir comigo? – perguntei a Chicão, dando a entender que eu precisava de ajuda naquele trabalho.

— O comprador já o conhece, então será necessário que você suba sozinho. Agora, andem. Ao trabalho, meus rapazes!

Eu e Josué saímos de lá com a mercadoria em mãos. Dava para escondê-la dentro de uma mochila sem que ninguém percebesse, mas, para isso, precisávamos realmente ser discretos e agir com naturalidade, eu principalmente.

— Está tudo bem com você? – perguntei a Josué, já na rua.

— Por quê?

— Percebi alguns olhares de raiva de você para mim.

— Não foi nada de mais. É Chicão mesmo quem me irrita com seu jeito de fazer pouco caso de mim. Eu trabalho bem e dou lucros a ele, não gosto de ser tratado assim.

— Mas que culpa tenho disso?

— Nenhuma, Fernando, mas me irrito quando ele me despreza só para valorizar os outros.

— Você sabe que, para esse trabalho dar certo, precisamos confiar um no outro, não é mesmo? Afinal, um dependerá do outro.

— Sim, eu sei. Não vou lhe prejudicar. Pode confiar!

Algo em meu coração dizia que não poderia confiar mais nele, mas não tinha outra opção que não fosse aquela. Preferia pensar que, por mais raiva que estivesse sentindo de mim, ele agiria corretamente com nosso trabalho para nada dar errado.

Chegamos perto da favela, onde já podíamos avistar boa parte do morro. Vimos muitos policiais nas entradas principais e muita gente caminhando normalmente. A presença da polícia deixava os moradores de bem um pouco mais seguros para caminharem, mas sempre estavam atentos para possíveis tiroteios repentinos, pois isso vinha acontecendo algumas vezes ali. Olhei para Josué e respirei fundo, como quem estava tomando coragem para adentrar. Josué fez o mesmo. No fundo, ele também tinha medo daqueles trabalhos, mas tentava não expor.

— Vou subir, e você vai ficar onde? – perguntei a Josué.

— Ficarei perto daquele poste de luz. Dali consigo vê-lo. Você sabe onde tem de ir?

— Sim, peguei o número da casa.

— Então vá. Estarei aqui embaixo observando a movimentação dos policiais.

Olhei no fundo os olhos de Josué e disse:

— Conto com você. Estamos juntos nessa!

— Estamos juntos nessa, Fernando.

Fui andando rumo à ladeira. Olhei para trás, e Josué, discretamente, acenou com a cabeça, dizendo que estava tudo em ordem. Eu estava com muito medo de estar ali com um amigo que carregava raiva de mim por disputa de poder dentro do tráfico. Mas suas palavras me deram alívio, pois senti na voz dele que nada faria para me prejudicar.

Olhei para cima da ladeira e a única coisa que pensei naquele momento foi que precisava fazer meu trabalho rapidamente e sair dali o mais breve possível. O único caminho possível era subir pela rampa, e assim eu fiz. A partir dali, eu seria realmente um traficante.

CAPÍTULO SEIS

Dália se questionava o tempo todo onde eu poderia estar, mas não conseguia achar nenhuma resposta para suas indagações, afinal, nenhuma pista eu havia deixado para ela sobre o que estava fazendo da minha vida. Isso fora o suficiente para que o desespero tomasse conta de seu peito, deixando-a angustiada a ponto de recorrer à dona Linda para acalmar-lhe o coração.

— Mãe, não sei onde Fernando está, e isso está me deixando cada vez mais preocupada.

Dona Linda, com toda a sua sabedoria, de esposa que fora, respondeu-lhe:

— Minha filha, tente não pensar nisso por enquanto, afinal, Fernando vai conseguir se ajeitar e resolver tudo, seja sozinho ou com você.

— Mas deveria ser comigo. Sou a esposa dele e estou aqui não só para ter uma relação carnal, mas uma relação de companheiros também.

— Ele sabe disso e eu também, mas talvez, neste momento, ele não possa compartilhar com você alguns assuntos, para poupá-la. Já pensou que ele pode apenas estar tentando protegê-la?

— Proteger-me do que, mãe? Nada explica essa atitude dele.

— Concordo com você de que nada explica suas atitudes, mas, talvez, ele apenas queira poupá-la de alguma mazela que esteja acontecendo ou possa vir a acontecer, por isso tomou a decisão que achou cabível.

Mesmo assim, Dália não conseguia se sentir confortável com tudo aquilo, e tinha esse direito. Mas, realmente, seria necessário que tivesse paciência comigo e com tudo.

— O que você acha de algum dia visitarmos um grande amigo meu? – perguntou dona Linda.

— Que amigo? Já quer me apresentar alguém? – perguntou Dália, rindo.

— De forma alguma, minha filha. Só quero que conheça um amigo que, talvez, possa ajudá-la a esclarecer muitos conflitos que estejam em sua mente.

— Esse amigo sabe onde Fernando está?

— Acredito que não, mas sei que ele sabe como ajudá-la a tirar essas angústias, por mais pertinentes que elas sejam.

— Quem é esse amigo?

— Você irá conhecê-lo assim que quiser.

— Pode ser agora?

— Mas você chegou hoje pela manhã. Não prefere descansar um pouco?

— Prefiro estar bem comigo mesma, e poder entender tudo isso.

— Arrume-se então, que eu irei avisar os meninos que sairemos por alguns instantes e logo voltaremos.

— Obrigada, mãe!

Dona Linda foi avisar as crianças que elas sairiam, enquanto Dália se arrumou rapidamente e pegou sua bolsa. Ela tinha pressa, não queria demorar demais. Seu coração, aflito, não poderia mais esperar um segundo sequer. Partiram ao encontro do tal amigo de dona Linda.

Chegaram a um lugar simples, mas muito agradável. Dália já havia passado ali algumas vezes, mas nunca teve o interesse de saber o que era, pois não havia nenhuma identificação na frente do imóvel.

— É aqui? - perguntou Dália.

— Sim, vamos entrar. Meu amigo deve estar

lá dentro, pois, daqui a pouco, começa mais uma reunião.

— Reunião do quê?

— Você verá.

Dália, de longe, avistou um rapaz, que ela não conhecia, vindo em direção à sua mãe com um imenso sorriso.

— Dona Linda, que saudade estava da senhora. Muito bom vê-la novamente depois de muito tempo.

— Não faz tanto tempo assim. Só alguns meses — disse dona Linda, rindo.

— Mas foram seis longos meses sem a presença da senhora aqui conosco.

— Vim trazer minha filha, que não está muito bem. Acredito que fará bem a ela ouvir sábias palavras. A que horas começa?

— Sentem-se. Começaremos em breve.

Dona Linda percebeu que havia se esquecido de apresentar a filha, então, disse:

— Esta é minha filha Dália.

— Muito prazer, Dália. Sou Ezequiel e espero que tudo o que for dito hoje seja importante para você. Ao final, caso queira, podemos conversar.

— Obrigada, Ezequiel!

E, assim, a reunião na casa espírita teve início, cheia de luz e muita sabedoria, e com palavras de imensa importância.

Dália não esperava que tivesse tantas sensações em um espaço de tempo tão curto como aquele. Sentia-se mais tranquila em suas angústias, pois aquele ambiente previamente preparado a deixara em paz, e as palavras de Ezequiel fizeram com que seu coração também se acalmasse.

Então, Dália disse à dona Linda:

— Realmente, vir aqui me trouxe muita paz, mãe!

— Eu sei. Quando venho aqui, também sinto isso. Quer conversar com Ezequiel? – perguntou Dona Linda.

— Não sei. Sinto nele muita paz, mas não sei se quero expor minha vida pessoal a uma pessoa que acabei de conhecer.

— Não tenha medo. Pelo menos, vamos ver se ele tem algo a mais a lhe dizer.

Ezequiel, ao término da reunião, foi ao encontro das duas com um sorriso que levava muita paz e conforto para quem visse.

— Então, Dália, tudo o que foi dito hoje serviu para o seu coração? – perguntou Ezequiel.

— Até mais do que eu esperava. Tudo fez sentido, e suas palavras foram ótimas para clarear minhas ideias.

— As palavras que aqui são ditas sempre são preparadas pelo Plano Maior e passadas a vocês para que encontrem nelas os caminhos que precisam.

— Então, não foi você quem as disse? – Dália se mostrou curiosa.

— Fui eu quem disse com minhas palavras, mas foi o plano espiritual quem preparou todo o enredo de hoje para que tudo o que falasse viesse a servir para cada um que ouvisse.

— Então, você fala e conta com a sorte do plano espiritual para que o guiem?

Ezequiel, rindo docemente, respondeu:

— Não contamos com a sorte. Contamos com a conexão com o Plano Maior. Sempre nos preparamos e nos conectamos aos nossos irmãos de luz para que o trabalho seja realizado com sucesso.

— Irmãos de luz?

Dona Linda estava gostando do interesse de Dália, porque, por alguns instantes, a filha se interessava por outros assuntos, e que poderiam deixá-la melhor.

— Sim, irmãos de luz. São Espíritos que estão no trabalho do bem, assim como nós. O que nos diferencia deles nesse trabalho é que eles estão lá e nós aqui, mas todos nós caminhamos para a evolução pessoal e para a evolução coletiva, cada um em seu patamar evolutivo, mas todos unidos, formando uma grande legião do bem.

— Eu nunca entendi muito sobre isso, mas consigo sentir uma paz muito grande aqui.

— Antes de qualquer reunião, nossos irmãos espirituais já deixam o ambiente muito bem preparado e energizado para recebermos todos que venham buscar uma luz, uma palavra que os elucide, e que estão em constante acompanhamento de todos nós. Seja aqui ou não, eles sempre estão nos acompanhando. Basta parar para poder senti-los.

— Eles sempre estão perto de nós?

— Sempre, Dália. Eles e vários outros amigos sempre nos acompanham para nos ajudar e nos guiar nesse caminho chamado vida.

Aquele assunto havia despertado em Dália uma imensa curiosidade sobre o assunto, gerando inúmeras perguntas em sua cabeça, mas preferiu não perguntar todas naquele momento, com medo de parecer impertinente.

— Dona Linda, fico muito feliz que tenha trazido sua filha e que a reunião tenha feito bem a ela. Sempre que quiserem ou precisarem, saibam que estamos de portas abertas a vocês e a todos. Basta quererem — disse Ezequiel, demonstrando uma imensa fraternidade no coração.

— Pois nós viremos mais vezes, meu amigo. Muito obrigada pela ajuda a mim e à minha filha. Vir aqui sempre será prazeroso — agradeceu dona Linda.

— Agradeça sempre ao Pai Maior. A Ele, sim,

é que devemos agradecer constantemente por cada aprendizado, cada glória e cada dificuldade por que passamos.

Dália e a mãe se despediram de Ezequiel, deixando claro em suas expressões que aquele momento havia sido de extrema importância para ambas. Partiram para casa, pensativas. Dália tinha muitas perguntas ainda para fazer, mas preferiu esperar chegar em casa para, então, ter uma conversa mais calma com dona Linda.

Ao chegarem, Enrique foi correndo aos braços de Dália, dizendo:

— Que saudade, mamãe! Onde você estava?

— Como está com saudade se nós só saímos por duas horas? – perguntou Dália, rindo da forma como Enrique perguntou.

— Mas para mim pareceu uma eternidade, mamãe. Você foi ver o papai?

Dália engoliu a seco ao ouvir aquela pergunta. Toda aquela paz que estava sentindo se desfazia aos poucos, quando começou a pensar em mim novamente. Mas tentou manter os pensamentos em equilíbrio, por mais difícil que estivesse sendo.

— Não, Enrique. Fui com a vovó numa reunião.

— Posso ir junto da próxima vez? Por favor! – pediu Enrique, quase em súplica.

— Claro que sim, meu anjo. Você e Tadeu podem ir da próxima vez, se quiserem.

— Obrigado. Você é a melhor mãe do mundo, e o meu pai é o melhor pai do mundo.

Tadeu apareceu na porta e apenas disse:

— Esse garoto realmente não sabe o que é ter um pai.

Dessa vez, foi dona Linda quem tomou a frente e respondeu ao comentário de Tadeu com uma pergunta:

— Tadeu, compreendo que tenha sua forma de pensar, afinal, já está crescido, mas toda essa raiva que tem de seu pai tem fundamento?

— É claro que tem, vovó. Ele nem cuida direito da própria família – respondeu Tadeu, tentando ser convicto no que dizia.

— Mas você já tentou conversar com ele e expor seus sentimentos?

— Não!

— Isso quer dizer, então, que você tem um problema a ser corrigido, mas sequer tenta?

— Não tenho problema algum. Quem tem problema é ele.

Dália viu que aquela conversa não chegaria a lugar algum, pois Tadeu era orgulhoso demais para admitir que seus sentimentos por mim não eram apenas pelas condições em que estávamos, mas, sim, de muito tempo já. Desde pequeno, Tadeu nunca fora tão próximo a mim. Com apenas um olhar de Dália, Tadeu entendeu que não era mais para estender o assunto com dona Linda.

— Depois, conversaremos mais sobre isso. Pode ser? — perguntou dona Linda.

— Sim, vovó, pode ser. Vou assistir algo na televisão!

Tadeu deu as costas e saiu em direção ao quarto de dona Linda. O que ele queria mesmo era ficar sozinho. Nunca gostou de dar muitas explicações sobre sua vida e sobre seus sentimentos. Dona Linda e Dália respeitaram e o deixaram partir, mas sabiam que logo aquela conversa deveria ser retomada.

— Tadeu sempre agiu assim em relação a Fernando? – perguntou Dona Linda.

— Há algum tempo, venho reparando isso, mãe. Desde pequeno, Tadeu nunca foi muito ligado ao pai, sempre foi mais próximo a mim, mas achava que era normal, pois falam que os meninos têm uma tendência maior em conectar-se com a mãe.

— Mas essa conexão realmente existe, porém, Tadeu está extrapolando os limites e deixando claro sua apatia pelo pai.

— De uns tempos para cá, desde que Fernando começou a distanciar-se, Tadeu só foi deixando cada vez mais clara sua aversão pelo pai. Antes não trocavam muitas palavras. Achávamos que era por causa da idade, ou até por ser quieto, mas, aos poucos, algumas ofensas começaram a ser ditas em baixo tom, quando Fernando brigava com ele. Isso foi crescendo até chegarmos nesse estado, em que Tadeu se refere ao pai com imenso descaso e até raiva.

— Tente conversar com ele depois, minha filha. Pode ser que nem ele entenda o motivo desse distanciamento. Quem sabe, juntos, não consigam entender o que está acontecendo.

— Farei isso, mãe!

Enrique, ao ouvir a conversa de Dália e dona Linda, foi perto das duas e disse:

— Tadeu é estranho, mamãe!

— Por que, Enrique?

— Às vezes, durante a noite, ele fala sozinho.

— E você consegue entender o que ele fala? — perguntou dona Linda.

— Uma vez, ele ficou chamando pelo papai a noite toda e parecia estar chorando e, às vezes, com raiva. Mas estava dormindo. Acho que ele é doido!

Dália riu do comentário de Enrique e disse:

— Seu irmão não é estranho, ele só pensa um pouco diferente, mas vamos ajudá-lo, não é mesmo?

— Vamos sim, porque nós somos todos super-heróis.

Dona Linda pensou sobre o que Enrique havia dito e percebeu que Tadeu realmente tinha um distanciamento de mim, mas não conseguia entender o porquê.

CAPÍTULO SETE

Ao começar a subir a ladeira, vi duas viaturas paradas com alguns policiais armados e em prontidão para o caso de algo vir a acontecer. Fui subindo discretamente, como se fosse um simples morador da comunidade, com minha mochila nas costas e muito medo no coração, mas tentava não demonstrar. Vi que, de todos os policiais, um deles parecia ter pouca idade, isso me dava a entender que era novo na profissão, o que talvez me desse alguma vantagem, no caso de perceberem que eu não era dali. No fundo, eu rezava para que ninguém me barrasse, mas, caso me barrassem, preferia que fosse esse mais jovem. Dois policiais me olharam subir, mas nada desconfiaram, já esse mais novo ficou olhando-me fixamente, como se estivesse percebendo alguma inquietação no meu olhar, pois, mesmo que eu tentasse disfarçar, estava sendo difícil. Continuei, tentando mostrar uma naturalidade forçada.

Consegui passar por eles sem nenhum problema, mesmo tendo esse policial mais jovem me acompanhado até eu sair de seu raio de visão. Comecei, então, a procurar a casa do homem. Foi difícil, mas consegui sem precisar perguntar a nenhum outro morador, porque, se perguntasse, corria o risco de saberem que eu estava procurando uma pessoa que vendia as mercadorias ilícitas.

Ao me aproximar de sua casa, vi que tinha uma moça jovem e bonita em frente ao portão.

— Boa tarde! É aqui que mora o Vitor?

— É aqui sim. O que quer com ele? — perguntou, sendo extremamente seca e arrogante.

— Preciso conversar com ele.

— Qual é o seu nome?

— Fernando.

— Você já o conhece?

— Ainda não, mas preciso falar com ele.

— Precisa falar com ele sobre o quê? — ela insistia.

— Sobre alguns assuntos particulares. Poderia chamá-lo, por favor?

— Espere, que vou ver se ele quer atendê-lo.

A moça, então, entrou, dando-me as costas, sem sequer tentar ser educada. Esperei alguns minutos, e ela veio ao meu encontro novamente.

— Ele não está querendo conversar com ninguém, mas falou para você esperar aqui fora.

— Muito obrigado!

A moça, sem responder ao meu agradecimento, deu as costas e saiu andando para um bar que havia na esquina daquela rua estreita. Esperei por mais alguns instantes, e eis que vejo um rapaz com uma expressão nada agradável.

— Você é o Vitor? — perguntei, tentando não demonstrar minha insegurança.

— Sou eu sim. O que você quer? — perguntou ele.

— Quero conversar com você sobre negócios. Mas preferia que não fosse aqui fora.

— Você chega sem avisar e ainda quer entrar na minha casa?

Vitor era realmente muito mal-educado e não fez o mínimo esforço para ser educado ou até mesmo amigável. Então, sugeri:

— Fazemos assim: eu entro, conversamos, e logo em seguida já vou embora. O que acha?

— Mas me adiante o assunto.

— Trouxe umas mercadorias para fazermos negócio.

Nessa mesma hora, Vitor abriu um sorriso, expressando sua gana pelo tráfico. Senti que não seria tão difícil convencê-lo.

E o rapaz concordou:

— Então, vamos entrar. Mas já vou lhe avisando que, se eu não gostar da mercadoria, você vai embora.

Entramos e Vitor sentou-se comigo na sala. Como morava com a mãe, pediu-me discrição e que falássemos baixo. Sua mãe já era idosa e estava no quarto, mas ele não queria correr o risco de ela ouvir alguma parte do assunto.

— O que você tem pra mim? – perguntou ele.

— Trouxe estas mercadorias e vim fazer negócio.

— Você trabalha para quem?

— Sou eu mesmo quem pega com um fornecedor e revende.

— Essa mercadoria é do Chicão? Porque o

produto dele é da pior qualidade. Só perdi clientes, na época em que ele me fornecia.

Nessa hora, fui mais firme ainda e disse:

— Não sei quem é Chicão, mas fique tranquilo que esta aqui é de qualidade. O que acha?

Vitor analisou tudo nos mínimos detalhes e, para ter certeza de que se tratava de boa mercadoria, usou um pouco da droga que estava em um dos pacotes. Fez umas expressões estranhas e deu risada.

— Essa aqui não é das melhores, mas acho que dá para vender para umas pessoas que estão iniciando e não sabem apreciar uma boa cocaína.

Continuamos negociando por mais alguns instantes, até que Vitor fosse convencido realmente de que estaria fazendo uma boa compra para vender, afinal, o preço do produto de Chicão não era muito caro, por ter outros elementos misturados à cocaína.

— Se vender tudo, eu o procuro para pegar mais. Tudo vai depender da aceitação dos meus clientes — falou Vitor.

— Sei que vai me procurar sem se arrepender — disse, com enorme confiança nas palavras.

Tudo o que mais queria era sair logo daquela casa e poder ir embora. Mas Vitor gostava muito de falar. Ele me contou sobre alguns casos de clientes dele e de alguns fornecedores que o enganaram e não se deram muito bem. Eu sabia que aquele assunto era para me intimidar, mas, mesmo assim, mantive-me firme, escutando tudo o que ele dizia. Ao terminarmos a conversa, despedi-me e finalmente me vi fora daquela casa.

Já de mochila vazia e menos nervoso, fui descendo a ladeira de novo, para encontrar Josué e podermos ir embora. O policial mais jovem me avistou de longe novamente e continuou me seguindo com os olhos. Ao passar perto dele, percebi que deu uma leve olhada na minha mochila e suspeitou que tivesse algo de diferente, então veio em minha direção. Quando percebi que ele estava vindo em minha direção, minhas pernas bambearam, e achei que fosse desmaiar ali mesmo.

Então, o policial chegou ao meu lado e disse:

— Boa tarde!

— Boa tarde, senhor! — disse eu, em estado de choque.

—Você mora aqui na comunidade?

Eu fiquei muito nervoso e demonstrei isso sem querer. Até respondi algo diferente do que havia planejado desde o início:

— Não, senhor. Sou amigo de um morador e vim visitá-lo.

— Qual o nome do seu amigo e onde ele mora? — começou a ser insistente.

— O nome dele é William — menti por medo —, e não sei o nome da rua, mas é lá em cima.

O policial notou meu nervosismo e resolveu fazer mais perguntas.

—Você está nervoso, por quê?

— Não estou nervoso, senhor. Só estou cansado de descer essa ladeira imensa — foi a única resposta que me veio em mente.

O policial, não se contentando, perguntou:

— O que tem dentro dessa mochila?

—Tem só um agasalho.

— Abra para eu ver.

Abri minha mochila e tirei de lá um agasalho

e um jornal todo amassado. O Policial pediu que eu mostrasse todos os bolsos da mochila.

— Sua mochila me pareceu mais cheia quando subia ou foi impressão minha? — perguntou ele.

— Sim, estava com algumas roupas que fui levar a esse meu amigo.

—Tudo bem, pode ir. Mas estou de olho em você.

O policial observou muito minhas expressões e sentia o nervosismo de longe, mas não tinha nada que ele usasse de prova contra mim para me manter ali por mais tempo. Então, dei boa tarde a ele e continuei meu caminho ao encontro de Josué. Minhas pernas ainda tremiam, e eu não via a hora de chegar lá embaixo para poder sentar, tomar uma água e me acalmar.

Ao descer toda a ladeira, vejo Josué vindo em minha direção, sutilmente me chamando para seguirmos nosso caminho, saindo dali. Josué notou meu nervosismo e, então, preferiu não dizer nada até que a primeira palavra fosse dita por mim. Assim que andamos um pouco, já estava mais apto para poder falar, então, soltei as primeiras palavras:

— Meu Deus!

— Como foram as negociações? Não foram boas? – perguntou Josué, curioso.

— Foram boas até demais, mas estou ainda muito nervoso.

— Nervoso? Por quê? Você já fez isso algumas vezes.

— Mas, desta vez, foi diferente. Parece que o peso está sendo maior em mim mesmo. Um policial até notou meu nervosismo e me barrou na descida para tirar satisfações.

— Ele percebeu algo?

— Ele notou minha mochila vazia na volta e percebeu meu nervosismo em excesso, até me barrou para me questionar. Inventei algo na hora, e ele me liberou, mas ainda estou muito nervoso.

— Pare de bobeira, Fernando. Conte-me como foi com Vitor.

Contei a Josué como foi a negociação. Ele não ficou surpreso, pois sabia que eu era bom com as palavras e convenceria facilmente o rapaz. Senti um descontentamento em Josué por eu ter feito minha tarefa com sucesso, mas ele tentou não demonstrar. Sentia que ele tentava controlar esses sentimentos de raiva, mas eram mais fortes do que ele e, às vezes, deixava-os escapar.

— Vamos voltar para o inferno agora? — perguntou.

— Sim! Preciso explicar para Chicão como foi a negociação.

— Caso queira, eu o aviso sobre o sucesso de nossa tarefa, e você pode voltar para casa.

— Acredito que seja melhor eu ir pessoalmente fazer isso, afinal, é o que ele espera de mim: atitude.

— Então, podemos ir para casa pelo menos para dar uma descansada e, depois, vamos ao escritório. O que acha?

— Tudo bem. Vá para sua casa, e eu também vou para a minha, tomar um banho e descansar um pouco, e logo nos encontramos com Chicão.

Seguimos conversando sobre o tráfico. Notei em Josué algo diferente, parecia que ele queria contar para o Chicão como haviam sido as negociações, mas não entendi o porquê de ele querer fazer isso. Josué seguiu para sua casa, e eu, para a minha.

Tomei um bom banho e descansei por alguns minutos, que foram o bastante para me restaurar e ter ânimo de novo.

Decidi ir para o escritório e contar logo tudo para o Chicão. Fui caminhando e pensando em como contaria a ele, pois, por mais fácil que fosse, ainda tinha medo de dirigir a palavra a ele. Entre pensamentos sobre minha vida pessoal e minha vida profissional, cheguei ao inferno. Entrei e fiquei esperando, por alguns instantes, Chicão me chamar, pois a porta estava fechada. Deduzi que havia alguém lá dentro conversando com ele.

Alguns instantes depois, bati à porta, pois estavam demorando muito.

— Entre! — ordenou Chicão.

Ao entrar, deparei-me com Josué sentado com Chicão, conversando. Tentei não ter pensamentos errados de meu amigo, mas vieram à minha cabeça instantaneamente.

— Pois vejo que temos aqui um funcionário promissor! — disse Chicão.

— Josué já lhe contou tudo? — perguntei decepcionado.

— Ele chegou faz tempo e me contou tudo.

— Você chegou mais cedo? — perguntei a Josué.

— Sim, Fernando! Não tinha nada para fazer em casa, então vim — Josué respondeu-me, com expressão de quem não se importava com nada.

— Veio correndo para contar para Chicão? — perguntei, exaltando-me.

— Não, meu amigo. Vim mais cedo e acabei contando, pois aqui estou, e não vi motivos para não contar.

Naquele momento, um ódio muito grande tomou conta de mim, e a única coisa que sentia vontade de fazer era dar um soco no rosto de Josué. Era como se uma força maior de raiva me envolvesse, e eu só conseguisse pensar em bater nele. Parecia ser algo simples o fato de ele ter contado para Chicão, mas percebi que existia maldade em suas palavras e que ele queria sempre estar à frente. Tentei me acalmar, mas foi difícil.

— Pelo que vejo, Josué já fez o grande favor de contar-lhe tudo, Chicão, e, sendo assim, vou embora. Amanhã voltarei e, então, conversaremos — disse eu com enorme raiva nas palavras.

— Acalme-se, meu caro! Sente-se um pouco. Josué já está de partida — comentou Chicão.

— Prefiro ir embora e retornar amanhã. Até!

Dei as costas e saí pela porta, mas ainda pude ouvir as últimas palavras de Josué com a minha saída.

— Ele está estressado demais. Se continuar assim, vai estragar toda negociação.

Josué estava tentando fazer com que Chicão não me desse tanta credibilidade, pois era ele quem queria isso. Fui embora para casa, decidido a voltar no dia seguinte para pegar mais trabalhos. O pior de tudo era voltar e não encontrar minha família me esperando. Isso realmente machucava muito e parecia deixar todos os meus problemas maiores. Mesmo assim, retornei para casa, decidido de que faria todos os meus trabalhos e teria o merecimento pela minha capacidade.

CAPÍTULO OITO

Acordei cedo e fui direto ao escritório de Chicão, pois a atitude de Josué não saía de minha cabeça, e eu precisava estar diante do chefe para conversar pessoalmente com ele, e a sós, sem a presença da pessoa que eu imaginava ser meu amigo, mesmo sabendo que, nesse mundo do tráfico, as amizades não são verdadeiras, mas sempre baseadas em interesse e muita inveja. Cheguei cedo ao escritório.

— Bom dia, Chicão! Vim lhe informar que minha negociação foi um sucesso e que lhe garanto minha capacidade de negociar com quem for, independentemente da condição — falei confiante.

— Já sei que a negociação foi boa e que Vitor aceitou a mercadoria sem perceber que era minha. Isso mostra que sua lábia foi das melhores.

— Isso mostra que sou bom no que faço, e vou fazer mais.

— Gostei de ouvir isso, meu caro Fernando! Está preparado para mais trabalhos?

— Sim, estou. Só lhe peço que me mande sozinho ou com outra pessoa.

— Algum problema com Josué? — perguntou Chicão, ironicamente.

— Nenhum problema. Muito pelo contrário, o que quero é evitar problemas.

— Notei a iniciativa de Josué em vir me contar como foi ontem. Estou errado, ou você teme que ele vá lhe trair?

— Existem amigos reais nesse nosso trabalho, Chicão?

Por alguns segundos, Chicão pensou. Ele sabia que, no tráfico, não existiam amizades reais, e, quando acontecia isso, logo uma das partes acabava por se prejudicar. Então, disse:

— Desde quando estamos aqui para fazer amigos? Estamos aqui a trabalho e calhou de você trabalhar com um amigo seu. Mas esteja ciente de que não quero nenhum tipo de problema pessoal dentro dos meus negócios. Fui claro?

— Sim!

— Pois, então, você irá com quem eu escalar, e não admito mais nenhuma conversa fiada da parte de nenhum dos dois. Caso venha a acontecer algum problema, eu mesmo tomarei as providências cabíveis.

Chicão começara a se exaltar e a perder o controle por conta do assunto. Parecia que algo pessoal mexia com ele quando a conversa envolvia amizades. Como estávamos ali sozinhos, esperei Chicão acalmar-se um pouco, falando sobre a conversa com Vitor, deixando-o mais descontraído. Esperei o momento certo e decidi fazer-lhe uma pergunta.

— Você já teve amigos aqui no tráfico? — perguntei-lhe.

— Por que a pergunta, Fernando?

Foi notável que Chicão não desejava falar sobre aquele assunto e acabou por deixar visível que havia algo que o machucava.

— Notei que se exaltou ao falar de amigos e fiquei curioso.

— A curiosidade pode matar, você sabia? — perguntou-me.

— Sim, eu sei. Desculpe-me pela curiosidade.

— Mas como quero que confie em mim para nunca tentar me trair, vou lhe contar um detalhe de minha vida que ninguém sabe! — disse imponente e confiante.

Aquele era um momento que eu jamais esperava passar: o chefe do tráfico, diante de mim, contando algo sobre sua vida pessoal.

Então, Chicão começou:

— Sabe, meu caro, a vida é cheia de problemas, não é mesmo?

— Sim! — respondi curioso.

— Pois, quando lhe disse que a curiosidade pode matar, eu não menti. A curiosidade pode matar todos, inclusive quem amamos. Quando era criança, tinha o meu melhor amigo. Era meu pai. Sempre fomos muito próximos, muito amigos um do outro. Ele me levava para passear sempre que podia. Minha mãe era muito religiosa e só tinha tempo para sua religião, então, só me sobrava ser muito amigo de meu pai. Meu irmão mais velho não era tão próximo a nós. Ele sempre se achava mais inteligente que todos nós e foi, aos poucos, tomando sua liberdade na vida, e vivia fora de casa.

Chicão falava calmo, mas sem mostrar nenhum sentimento. Na hora achei que fosse uma defesa para que eu não o visse sendo frágil.

— Meu pai e eu brincávamos até dentro de casa, de tudo. Nossa brincadeira favorita era de polícia e ladrão. Eu, geralmente, era o policial, e ele, o ladrão, que tentava se esconder de mim para que pudesse prendê-lo. Certo dia, minha mãe estava em um de seus compromissos religiosos, meu irmão estava na rua, e eu e meu pai estávamos brincando. Fui correndo procurá-lo, mas não o encontrei. Então, corri para o meu quarto, que dividia com meu irmão, e fui procurar nos armários algo para brincar com meu pai e prendê-lo. Ao procurar, achei uma arma. Parecia ser de brinquedo. Fiquei olhando, mas não conhecia nada sobre armas, só tinha visto em televisão, mesmo sabendo que onde eu morava muitas pessoas possuíam armas.

Pude ver os olhos de Chicão com lágrimas. Mesmo olhando-me firme, ele tentava não demonstrar nenhum sentimento, mas eu sabia que falar daquele assunto deveria ser muito difícil para ele. Então, continuei a ouvi-lo.

— Com a arma em mãos, fui correndo procurar meu pai. Procurei por todos os cantos da casa e não o encontrei. Então, fui ver no banheiro e lá estava ele, escondido atrás da porta. Na mesma hora, mandei que ele se rendesse ou eu atiraria, na minha inocência de criança. Meu pai levou um grande susto ao ver a arma e mandou que eu abaixasse aquilo. Eu achei que ele estava brincando ainda e continuei brincando, ordenando que ele se rendesse. Na mesma hora, meu pai veio em minha direção, e eu, sem saber que era uma arma de verdade, só pensei em render meu pai com um tiro de mentira. Então, atirei.

Nessa hora, as lágrimas não puderam ser contidas, e Chicão as deixou cair. Ficou calado por alguns instantes, apenas repassando a cena na cabeça. Reergueu o rosto, secou as lágrimas com certa brutalidade.

— Atirei em meu pai, direto no peito dele. Na hora, ele apenas soltou um grito baixo de dor. Então, vi sua roupa cheia de sangue e entrei em desespero. Soltei a arma no chão e fiquei chamando meu pai, chorando em desespero. Saí correndo na rua, chamando alguém para me ajudar. Quem estava vindo era meu irmão. Pedi ajuda a ele. Expliquei o que havia acontecido. Apanhei muito por ter mexido em suas coisas e ter pegado a arma que ele havia escondido em casa para vender.

— E sua mãe? — perguntei.

— Meu irmão foi na mesma hora encontrar-se com ela para trazê-la para casa. Ao chegar e deparar-se com a cena, caiu em prantos e chorou muito. Gritou muito comigo e disse palavras horríveis. Ela dizia que eu devia ser filho do demônio para fazer uma atrocidade daquelas com o próprio pai. Ninguém me deixava explicar, e meu irmão, para não levar bronca, não disse que a arma era dele. Foi assim que enterramos meu pai, com meu irmão e minha mãe evitando falar comigo. Quando retornamos do velório, minha mãe gritou mais ainda comigo e me expulsou de casa. Ela dizia que não iria dividir o teto de casa com um assassino, e que Deus jamais me perdoaria por ter matado meu próprio pai. Fui embora muito novo ainda e vivi nas ruas por um tempo, até conhecer alguns homens, que eram do tráfico e que me deram casa, mas eu precisava fazer alguns trabalhinhos para eles, de entregar algumas mercadorias pequenas. Foi assim que entrei nesse mundo e nunca mais saí.

— Você se arrepende de ter entrado no tráfico? – perguntei, esperando uma resposta emotiva.

Chicão me olhou firme e deu risada. Em seus olhos, já não havia mais lágrimas. Então, ele me disse:

— Só me arrependo de ter pegado a arma do meu irmão e ter matado meu pai, mas não me arrependo de estar aqui onde estou hoje. Foi assim que eu cresci e é apenas isso o que eu sei fazer. Não posso lhe negar que é um trabalho bem difícil e arriscado, mas tem me trazido muita coisa boa.

— Muita coisa boa?

— Sim! Dinheiro. Tem coisa melhor do que dinheiro, meu caro? – perguntou-me rindo.

Chicão sofreu muito por ter matado o pai, por ter sido expulso de casa e por ter vivido na rua, mas notei que toda essa sua vivência o tornou um ser humano com coração de pedra. Para ele, não importavam mais os sentimentos das pessoas, já que os sentimentos dele nunca foram levados em conta. Sua visão mundana cresceu, e ele só conseguia pensar em dinheiro e nada mais, não importavam os meios, mas, sim, os fins lucrativos. Fiquei curioso para saber sobre sua mãe e seu irmão.

— Teve notícias de sua mãe e seu irmão? — perguntei.

— Tive notícias, depois de um tempo nas ruas, que meu irmão estava preso por porte ilegal e tráfico de armas. Não tive mais notícias dele. Sei que minha mãe está bem. Certa vez, ela apareceu na casa onde eu estava, pedindo que voltasse, pois ela tinha consciência de que errara comigo, que, na verdade, Deus era bom e que ela era quem não havia sido nada boa expulsando-me de casa. Como já estava me dando bem nos trabalhos pequenos do tráfico, disse a ela que não precisava voltar para casa, pois já estava feliz ali e não precisava mais dela. Ela insistiu, pediu-me perdão e disse entender que tudo não passara de um acidente. Eu vi que doía muito nela todo o ocorrido, mas meu orgulho falou mais alto e pedi que voltasse para o seu mundo, pois eu já estava vivendo o meu como desejava. Depois desse dia, nunca mais a vi. Sinto saudade, às vezes, mas sei que foi melhor assim. Não quero minha mãe me atrapalhando nos meus negócios. Com dinheiro não se brinca, meu caro.

Chicão realmente se tornara um homem sem sentimentos. Pelo que vi, ele tentava esconder todo e qualquer resquício de saudade que tinha. Ele não gostava de admitir, em sua vida, o sentimento do amor e, por esse motivo, vivia somente para o tráfico, sem se importar com mais nada, nem ninguém.

— Mas vamos mudar de assunto. Já está preparado para sua próxima tarefa? Será esta semana. Estou apenas acertando alguns detalhes finais.

— Qual será o próximo trabalho, Chicão?

— Depois eu lhe falo, porque preciso acertar alguns detalhes. Esse será um pouco mais delicado, mas nada que você não consiga resolver. Estou começando a confiar no seu trabalho. Não me decepcione! — disse, com ar motivador.

Despedi-me dele e fui embora. Nada mais tinha para ser feito naquele momento. O que me restava era esperar.

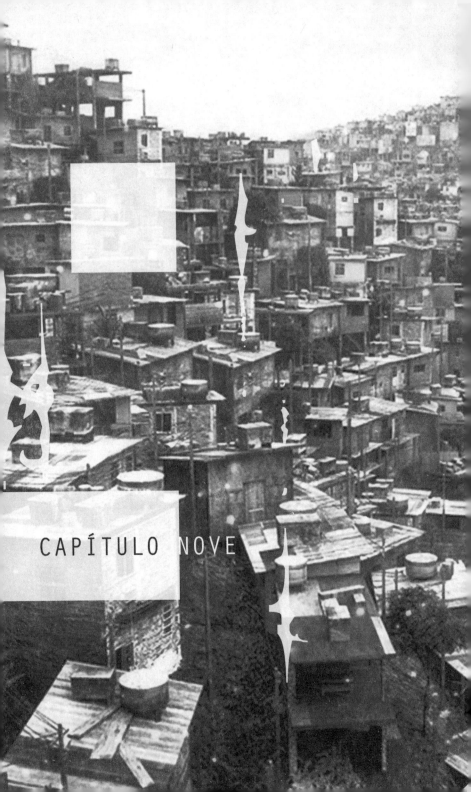

CAPÍTULO NOVE

Decidi passar pela casa de dona Linda antes de ir para casa. Estava com muita saudade dos meus filhos e de Dália. Chamei algumas vezes, e, então, minha sogra veio me receber, com um enorme sorriso no rosto.

— Que bom vê-lo, Fernando! Como você está?

— Estou bem!

— E já se ajeitou? Resolveu seus problemas?

Engoli seco naquela hora, pois nada havia sido resolvido, muito pelo contrário, as coisas estavam mais delicadas ainda.

— Dália está? — perguntei, tentando mudar de assunto.

— Pelo que percebo, não quer tocar no assunto. Vou respeitá-lo. Dália está sim. Entre!

Entrei na mesma hora, chamando por Dália. Logo veio Enrique, correndo aos meus braços, pulando demais. Estava nítida a saudade dele por mim.

— Que saudade de você, papai! — disse Enrique, com pulos de alegria.

— Estou bem, meu anjo. E você? Tem cuidado bem de sua mãe e de seu irmão?

— Claro, papai! Estou cuidando deles como os heróis fazem.

— Pois faz muito bem cuidando deles enquanto estou longe.

— Quando vamos voltar todos para nossa casa? – perguntou Enrique, mostrando saudade do lar.

— Em breve, voltaremos. E seu irmão como está?

— Está no quarto da vovó vendo televisão. Ele não sai de lá.

— Chame-o para mim, por favor! Vou falar com sua mãe.

Fui até a cozinha e lá estava Dália, sentada, vendo uns livros de receita. Ao ver-me, ela ficou parada. Não conseguia expressar nada, apenas paralisou.

— Fernando! – exclamou como se tivesse sentido um alívio.

— Que saudade de você, meu amor!

Corri para abraçá-la. Demos um abraço bem apertado, mas Dália, em seguida, perguntou-me:

— Quem está me abraçando?

Eu nada podia falar. O companheiro que ela tanto desejava ainda não estava presente em mim naquele momento, afinal, ela queria que eu dividisse com ela meus problemas, mas não podia. Emudeci.

— Fernando, eu lhe fiz uma pergunta.

— As coisas ainda não se resolveram, Dália! Peço mais paciência, pois vou conseguir consertar todo o erro que causei a todos nós.

—Talvez, pudéssemos resolver juntos, como companheiros que somos.

— Já lhe expliquei que não é tão simples assim.

— Não sei por que ainda insisto. Tudo bem, Fernando. Você está bem? – perguntou-me, apesar de decepcionada.

— Estou bem e resolvendo tudo o mais rápido possível para voltarmos para casa logo.

Nessa mesma hora, Tadeu entrou na cozinha e ficou parado nos olhando.

— Como você está, Tadeu? – perguntei-lhe.

— Bem – respondeu-me secamente.

— Sua avó está lhe tratando bem? – brinquei para tentar puxar assunto com ele.

— Claro que sim! Vovó Linda sempre me trata bem, ao contrário de você.

— Meu filho, acho que precisamos ter uma conversa de pai para filho. O que você acha?

— Acho que não precisamos. Nem com sua esposa você conversa, que dirá comigo...

Tadeu não dava mesmo o braço a torcer. Desde pequeno, nunca fora próximo a mim, mas, depois de um tempo, nossa relação piorou, e eu precisava descobrir o motivo. Decidi insistir.

— Vamos dar uma volta, só nós dois. Pode ser?

Depois de muito pensar, Tadeu acabou aceitando, mas disse que esperava ser uma conversa breve, pois seu programa de televisão favorito estava prestes a começar. Aceitei e, então, saímos de casa. Talvez, aquele fosse o momento de eu entender tudo o que se passava na cabeça dele e, quem sabe, resolver sua diferença comigo.

— Tem algo que queira me falar, Tadeu? — perguntei-lhe.

— Você quem me chamou para conversar, ou seja, quem deve ter algo para me falar é você, e não eu.

Não esperava aquela resposta. Respirei fundo e perguntei a ele:

— Tem algo que sinta por mim que não lhe agrade tanto?

— Não. Não tem nada que eu sinta. Talvez, esse seja o problema. Não sinto mais nada.

— Mas isso começou quando, meu filho? Quem sabe podemos resolver esses problemas.

— Não tem problema nenhum, pai.

— Você sempre teve esse sentimento de apatia por mim? — insisti.

— Na verdade, não. Quando pequeno, até gostava de estar perto de você, mas sempre fui muito calado, então ficava perto, mas calado, a ponto de ninguém perceber minha presença.

— E isso mudou quando?

— Nada mudou, só piorou.

— Você quer dizer que, depois de um tempo, sentiu menos vontade de estar perto de mim?

— Sim! Aí, então, o Enrique nasceu, e tudo só foi piorando.

Talvez aquele sentimento que nos distanciava fosse ciúme de seu irmão, mas eu precisava investigar mais.

— Foi ciúme que você teve do seu irmão, Tadeu?

— Não tenho ciúme de ninguém, mas percebi que você dava mais atenção a ele do que a mim.

— Realmente, meu filho, nunca fomos tão próximos, mas, quando Enrique nasceu, ele precisava de atenção. Era apenas um bebê.

— Não importa. Minha mãe sabia me dar atenção, mesmo depois de Enrique ter nascido, já você só tinha olhos para ele. Foi aí, então, que preferi ficar mais afastado.

Jamais imaginei que Tadeu fosse se abrir daquela forma. Ele, que fora sempre tão calado, quando decidiu falar, expôs tudo o que sentia e parecia-me ser ciúme, mas algo me dizia que não era apenas isso, e não tinha como saber, pois nem ele mesmo parecia saber.

— E até hoje é assim: você faz de tudo pelo Enrique e não me dá nem atenção – disse Tadeu, com ar de desprezo.

— Enrique sempre foi daquele jeito, brincalhão, animado, e isso sempre me contagiou. Não posso negar que, por algum motivo que desconheço, nunca fui tão próximo de você, mas eu o amo muito, meu filho. Sempre o amei.

— Mas nunca demonstrou!

As palavras saíam da boca de Tadeu de forma muito cruel para mim porque eram verdadeiras. Apesar do meu amor por ele, algo me afastava. Eu já estava abalado com tudo o que estava acontecendo e ouvir aquelas verdades me doíam mais ainda. Precisávamos chegar a um acordo ou continuaríamos na mesma forma que antes.

— O que você acha de recomeçarmos?

Tadeu pensou por alguns instantes e respondeu:

— Recomeçar para quê? Agora quem está fugindo de casa é você, então não vai adiantar de nada tentarmos ser mais próximos.

— Mas as coisas irão se ajeitar, e quero que nossa família volte a ser o que era antes, mas com uma grande diferença.

— Qual diferença?

— Conosco, sendo pai e filho. Amigos. O que acha?

— Pai, posso ser sincero com você?

— Claro, Tadeu!

— Às vezes, sinto vontade de fugir e nunca mais olhar para você, mas não faço isso pela minha mãe. Sei que ela vai sofrer muito e não quero mais que corra o risco de apanhar de você quando estiver nervoso.

— Eu lhe peço perdão por ter lhe batido sem motivo claro e por ter batido em sua mãe.

Tadeu ficou calado. Era nítido que ele trazia, em seu peito, certo distanciamento de mim, mas isso era o que menos importava, pois precisávamos recomeçar daquele ponto. Eu sabia que seria difícil recomeçar qualquer assunto, porque estava cheio de problemas, mas, pelo menos com ele, eu precisava tentar.

— O que me diz? — perguntei-lhe.

— Podemos tentar. Mas já lhe adianto que não será fácil. Tenho raiva de você por muitas coisas, mas quem sabe consigamos viver bem, pelo menos.

— O importante é tentarmos, não é mesmo?

— Sim, pai. Tentaremos. Mas, se não der certo, nem tente de novo, porque será em vão.

Talvez aquele fosse um dos momentos que eu mais esperava de Tadeu: nossa reaproximação. Sei que não seria tarefa fácil, pois ele já trazia no peito um distanciamento de mim, mas eu estava disposto a conquistar meu filho e a termos uma relação de pai e filho, como deve ser. Meu amor por ele sempre foi grande, mas essa distância entre nós existia, mesmo havendo o amor. Voltamos para casa, e lá estavam todos ansiosos por nossa volta.

— Eu e Tadeu conversamos e vamos tentar nos aproximarmos mais, não é, filho? — perguntei, com sorriso no rosto.

— Sim, mas não exagere nas emoções. Vamos ver como serão as coisas daqui para a frente.

— Você até parece um adulto falando – interrompeu Dália.

— Não sou adulto e quero demorar muito para vir a ser. Se para mim é difícil resolver alguma coisa, imagina para os adultos, que sempre procuram ter problemas para precisarem resolver.

— Não procuramos problemas para resolver. Eles acontecem naturalmente. É da lei da vida ter obstáculos para aprendermos e evoluirmos! – disse dona Linda.

— Não sei se quero passar por esses problemas.

Todos deram risada da forma como Tadeu falou. Dona Linda complementou:

— Temos os problemas optados por nós, esses são os que pesam mais, pois foram escolhas diretas nossas, mas também existem os problemas que vêm junto da vida, sem que possamos optar por passar por eles ou não. Esses devem ser encarados também com muita serenidade e seriedade, pois, se passamos por eles, é porque fizemos por merecer.

— Fizemos por merecer? – perguntei a Dona Linda.

— Sim, Fernando. Nem sempre agimos diretamente sobre as coisas. Por exemplo: uma escolha nossa do passado pode trazer uma série de acontecimentos e, depois de anos, fazer-nos passar por alguma dificuldade que não entendemos o motivo. Se buscarmos lá atrás, acharemos, às vezes, o motivo que gerou a dificuldade de hoje.

— Às vezes?

— Sim, pois nem sempre achamos o problema diretamente nesta vida. Pode ser algo que fizemos em outro passado nosso, e hoje ele venha a nos ser cobrado. Não como castigo, pois Deus não castiga ninguém, mas como débito que deixamos lá atrás, para aprendermos a lição em nós mesmos e, assim, evoluir.

— Agora entendo. Já ouvi muito sobre essas tais vidas passadas e pode ser mesmo verdade.

— Neste momento, o que menos importa é o passado, mas, sim, o que podemos fazer a partir de agora, levando em consideração toda a bagagem que já temos, e, então, fazermos nossas escolhas na vida.

Dona Linda, sempre muito sábia, deixou no ambiente uma esperança em todos nós. Cada um com seu conflito. Paramos e meditamos por minutos sobre aquelas simples palavras, mas esclarecedoras. Dália, então, quebrou o silêncio.

— Onde está Enrique?

— Está na sala, mãe. Vou lá chamá-lo para ver televisão comigo — respondeu Tadeu.

Dália e dona Linda sorriram para mim, pois estavam vendo que, de alguma forma, eu estava tentando mudar, mesmo que aquele fosse um dos meus menores problemas.

— Vou embora, meu amor. Não se esqueça jamais de que eu a amo! — falei, emocionado por estar indo embora de novo.

— Não se esqueça de tudo o que já lhe disse.

Despedi-me das crianças no quarto e de dona Linda. Dália acompanhou-me até o portão e foi muito difícil dizer-lhe adeus mais uma vez. Dália sorriu docemente e beijou meus lábios.

— Tudo se ajeitará, Dália!

— Acredito nisso, Fernando!

Fui embora para nossa casa, onde o silêncio prevalecia. Cheguei, deitei-me um pouco até pegar no sono. Eu não sabia o que esperar para o dia seguinte, só me restava dormir e descansar.

CAPÍTULO DEZ

Pela manhã, arrumei-me e saí de casa. Meus planos eram, mais uma vez, ir ao escritório de Chicão e, depois, visitar minha família. Pelo caminho, novamente deparei-me com Ezequiel, que veio ao meu encontro, conversar. Eu não queria demorar muito, mas, como ele sempre sabia as palavras certas para usar, achei que fosse melhor conversar um pouco e ouvir as palavras sábias que tinha para me dizer.

— Bom dia, Fernando! Como você está? — perguntou-me.

— Estou bem!

— Está bem mesmo? Não sinto sinceridade em suas palavras.

Ezequiel sabia mesmo quando estávamos bem ou não. Pelas poucas vezes que o vi, percebi que ele sempre notava como eu estava, no íntimo, mesmo sem lhe dizer nada a respeito.

— Estou tendo alguns problemas que estão sendo bem difíceis de resolver, mas sei que, em breve, darei um jeito.

— Quer conversar um pouco comigo? Tem o total direito de dizer não, mas saiba que desabafar, às vezes, nos ajuda muito – disse Ezequiel, com sua calma e simplicidade.

— Não sei se desabafar vai ajudar nesse caso. Preciso mesmo é de um recomeço.

— Desabafar ajuda, pois, ao contarmos o que estamos passando, ouvimos o que estamos falando e conseguimos ter outros pontos de vista, e quem está de fora pode ter uma opinião mais simples sobre nossos problemas, que, muitas vezes, pode ser a chave para a solução. Afinal, analisar de fora pode ser um pouco menos complicado, mas sempre vai depender de filtrarmos tudo e usarmos apenas o que serve para o nosso bem.

Aceitei conversar com Ezequiel. Não pretendia contar tudo, mas, pelo menos, alguns pontos chave e, quem sabe assim, tendo uma conversa com alguém tão bondoso, pudesse encontrar mais caminhos para resolver meus problemas. Entramos na casa espírita e nos sentamos.

— O que tanto o aflige? – perguntou-me.

— Eu e minha família entramos numa fase muito complicada. Eu não via caminhos para solucionar nossos problemas e tomei decisões que agora estão adquirindo uma proporção grande, e não vejo mais saída para mim, mas espero poder ajudá-los mesmo assim.

— Sempre temos o poder de escolher nossos caminhos, sejam eles quais forem. Se tomou alguma decisão, foi por escolha sua, então tenha sempre forças para encará-la com sabedoria e poder, para, em breve, ter paz.

— Mas o caminho que tomei não tem mais volta, Ezequiel.

— Nem todos os caminhos nos dão a chance de voltar, mas, em todos, encontramos uma nova chance de aprendizado e a oportunidade de tomar algumas decisões que nos tirem do caminho atual e nos levem por outra estrada.

— Como assim? — perguntei, sem entender muito bem.

— Um caminho sempre leva a outro. Tudo vai depender de enxergarmos com sabedoria.

— Quer dizer, então, que, mesmo que eu tome uma decisão que não tenha volta, posso, a partir dali, tomar outra decisão que mude o rumo de tudo?

— Exatamente! Basta olharmos com sabedoria.

Na hora, fiquei um pouco confuso com as palavras de Ezequiel, mas, em poucos minutos, tudo já fazia sentido dentro de mim. Vi que podia confiar nele, então falei um pouco mais sobre mim.

— Entrei em um mundo que não tem mais volta!

Quase não consegui falar, mas com muita força as palavras saíram. Ezequiel entendeu o que eu quis dizer, mas preferiu não questionar muito para não me constranger ou ofender. Ele sabia como nos deixar à vontade.

— Eu não sei mais o que fazer. Às vezes, sinto vontade de sair correndo e sumir, e, de outras vezes, sinto, vontade de entrar mais ainda nesse mundo sujo e crescer lá dentro. Isso daria uma condição melhor à minha família, mas temo pela segurança deles.

— Nossas decisões refletem também nas pessoas que estão ao nosso redor, diretamente ou não. Você precisa encontrar forças o suficiente para não deixar isso dominá-lo e, aos poucos, conseguir tomar uma decisão que o faça sentir-se bem. Somos totalmente responsáveis por nossas decisões – falou Ezequiel.

— O único caminho seria fugir com minha família para bem longe, mas não posso fazer isso.

— Por que não?

— Eles jamais aceitariam ir embora para longe sem saber o motivo, pois não posso contar a eles.

— Então, assuma os riscos e mude o rumo de sua vida o mais breve possível, antes que as consequências sejam mais graves.

— Tentarei fazer isso. Muito obrigado, Ezequiel. Realmente, apenas conversar alivia a pressão que carregamos dentro do peito.

— Sempre que precisar, venha conversar. Será sempre muito bom ter essa troca com você. Quando puder, venha a uma reunião e traga seu amigo também.

— Acredito que ele não venha. Na verdade, não sei mais se tenho amigos.

— Priorize suas necessidades do coração. Quando for a hora, as coisas fluirão, e as pessoas que agregam continuarão em sua vida.

Despedi-me de Ezequiel e segui para o escritório. No caminho, fui pensando em maneiras de tomar outro rumo na vida, mas eu realmente não via saída. Era como se meus olhos estivessem vendados, e eu só conseguisse ver uma solução para minha família se continuasse naquele trabalho.

Chicão, ao me ver, logo abriu um sorriso. Se não o conhecesse, poderia dizer que estava feliz por eu estar lá, mas eu sabia que seu sorriso era meramente profissional e que o exteriorizou, pois, com certeza, já tinha novos planos definidos para mim.

Entrei e fui dizendo:

— Já está tudo definido para meu próximo trabalho?

— Mas é claro que sim, meu amigo! — exclamou Chicão.

Eu não sabia se ele me considerava seu amigo mesmo ou não, pois abriu seu coração para mim e me contou um fato de sua vida, mas eu não podia confiar. Todo nosso contato era profissional.

— Quando farei? – perguntei.

— Amanhã mesmo. O que acha?

— Você é quem manda. Quando tiver de ir, eu irei.

— Sabe por que eu gosto de você, Fernando?

— Por quê?

— Porque você sabe se colocar em seu lugar e sabe quem é que manda aqui – disse gargalhando.

— Sei meu lugar e só estou aqui a trabalho.

— Pois bem! Amanhã cedo, você partirá para outra favela a fim de fazer uma nova negociação, pois já vi como é bom na conversa e sabe convencer qualquer um de que seu produto é bom.

— Dessa vez, a venda será para quem?

— Esse trabalho é um pouco mais delicado, porque a pessoa com quem fará a negociação é muito barra pesada.

— Barra pesada? — perguntei com certo receio.

— Sim. A pessoa com quem fará essa negociação não gosta muito de conversa, tampouco de pessoas. Prefere sempre evitar o contato com os outros.

— Não entendi.

— Não seja burro, Fernando. Ele é um traficante muito forte na região dele, mas sei que está com problemas com o outro fornecedor, então, você irá convencê-lo a comprar sua mercadoria. Ele não gosta de pessoas porque não tem muita paciência e não vê problema algum em matar, quando acha necessário. Por isso, evita fazer ele mesmo as negociações, para não ter que gastar suas balas.

— Corro risco de morrer nesse trabalho? — perguntei com enorme medo e insegurança.

Chicão gargalhava muito e, ao mesmo tempo, tentava me passar tranquilidade nas palavras para que eu não ficasse mais inseguro.

— Acalme-se, Fernando. Ele não irá matá-lo por tentar vender seu produto. Mas lhe afirmo que Joca já matou por muito menos, então, apenas seja cauteloso nas palavras e não o deixe achar que a negociação é uma emboscada. Ele já foi preso duas vezes e sempre está desconfiando de tudo e de todos. Entendeu?

— Sim, entendi. Será na casa dele? — Perguntei.

— Claro que não. Pessoas importantes não negociam em casa. Você irá encontrar-se com ele no escritório dele. Apenas tenha cuidado com todas as palavras que usar. Não seja muito educado, mas também não seja muito malandro. Converse no meio termo e tente usar a mesma linguagem que ele. Isso o deixará mais tranquilo.

— Você o conhece?

— Já trabalhamos juntos, mas cada um seguiu seu rumo. No tráfico, a única sociedade segura que existe é entre o traficante e seu dinheiro. Essa sociedade, sim, não tem perigo. O resto sempre quer acabar com você. Aprenda isso, meu caro!

Aquela negociação era com uma quantidade bem maior de mercadoria, mas eu não a levaria comigo, pois primeiro precisava convencê-lo a comprar, para, depois, fazer a entrega. Eu sabia do risco que corria, mas me sentia confiante, como se estivessem me encorajando a fazer o trabalho. Mal sabia eu que, perto de mim, naquele momento, havia alguns obsessores que riam e falavam em meu ouvido que eu conseguiria, só bastava ir em frente.

— Amanhã, não precisará passar aqui antes de ir. Vá direto. Desta vez, Josué ainda irá com você, e espero não ter nenhum problema com vocês – disse Chicão, impondo ordem.

— Não terá nenhum problema.

— Seja esperto, Fernando, mas não deixe que Joca perceba.

Aquelas foram as considerações finais de Chicão sobre o trabalho. Quando eu estava saindo, ouço o chefe gritando por mim.

— Fernando, quero que faça um favor para mim hoje.

— Qual favor?

— Preciso que passe neste endereço e veja como está esta pessoa. Descubra como ela está vivendo, se está bem ou não, e me avise, mas não diga nada sobre mim.

— Quem é ela?

— Não importa. Apenas descubra o que conseguir.

Fiquei curioso para saber quem era aquela pessoa que eu teria que investigar, mas, como Chicão mesmo disse: "às vezes, a curiosidade mata", preferi não questionar e fui, então, para o tal endereço.

Chegando lá, deparei-me com uma casa muito simples, com algumas plantas do lado de fora e uma mulher varrendo o quintal. Usava uma roupa florida e trazia marcas do tempo em seu rosto. Ela me olhou por alguns instantes e me perguntou:

— Deseja algo?

Pensei na hora, e nada me veio à mente.

— Moço, deseja algo? — perguntou-me novamente.

— Venho de longe e procuro a casa de um amigo, mas não estou encontrando.

Foi a única coisa que pensei na hora em falar. E continuei:

— Sei que ele mora nesta região, mas não me recordo o nome da rua nem o número da casa. Faz muito tempo que não o vejo.

— Qual o nome do seu amigo? — perguntou ela, trazendo um leve riso com a minha confusão.

— Francisco.

Por alguns segundos, aquela mulher parou e ficou pensando, como se tivesse voando em seus pensamentos, e uma lágrima chegou a brotar de seus olhos.

— A senhora está bem? — perguntei-lhe.

Passando a mão nos olhos, para esconder a lágrima, ela me respondeu:

— Sim, estou. Desculpe-me! Apenas tive a recordação de uma pessoa.

Na mesma hora, percebi o que tinha acontecido. Quando ela me perguntou o nome de meu amigo, o único nome que me veio à mente foi Francisco, mas não havia nem assimilado na hora que era o mesmo nome do chefe. Aquela só podia ser a mãe de Chicão.

Ela, então, continuou:

— O único Francisco que conheço já não mora mais aqui há muito tempo.

Percebi que havia causado um grande desconforto sentimental àquela mulher e que não tinha mais como voltar atrás. A única solução foi pedir desculpas por incomodá-la e ir embora, mas, antes que eu pudesse dizer algo, ela prosseguiu:

— Tive um filho com esse nome. Por alguns problemas que tivemos, ele não mora mais comigo. Eu o coloquei para fora de casa, pois minha interpretação sobre a vida era equivocada. Hoje, depois de muito tempo, reconheço o grande erro que cometi ao expulsá-lo. Faria tudo para vê-lo novamente, pelo menos uma vez, e saber se ele está bem.

Parecia que ela carregava esse assunto engasgado em sua garganta há muito tempo e não tinha com quem conversar. Aproveitou que eu estava ali e foi como se estivesse desabafando comigo.

— Sempre fui muito religiosa e achava que Deus era de uma forma e, na verdade, vi que Ele não era nada do que eu pensava. Deus é amor puro e único. Quem condena somos nós, os humanos. Graças a muitas conversas que tive com o Padre, fui percebendo que esse amor de Deus é incondicional.

Pelo que Chicão havia me contado, sua mãe tinha uma visão sobre os julgamentos de Deus, mas aquela senhora que estava em minha frente parecia ter aprendido com os próprios equívocos e entendido a verdadeira paz que existe em Deus. Que os julgamentos são feitos por nós mesmos, já que Deus é amor, antes de tudo. A interpretação errada das palavras de Deus vinha dela mesma.

— Qual é o nome da senhora? — perguntei a ela.

— Neide.

— Fique tranquila, dona Neide. Quem sabe logo terá notícias de seu filho e poderá acalmar seu coração.

Neide viu, em meus olhos e em minhas palavras, que eu tinha algo escondido que não podia falar, mas não insistiu, pois achava que era coisa de sua cabeça. Já eu me impressionei comigo mesmo. Sempre precisei desabafar e, dessa vez, estava ouvindo um desabafo. Aquela senhora conseguiu deixar-me emocionado com suas palavras de dor e saudade, mas eu nada podia fazer.

— Dona Neide, vou procurar a casa do meu amigo. Foi um prazer conversar com a senhora.

— Espere, rapaz!

Estava saindo, mas voltei, e ela falou:

— Não sei se você apareceu aqui por engano ou não, mas coração de mãe não se engana. Caso você o conheça, avise-o que eu o amo muito e peço perdão a ele.

Fiquei sem saber o que falar. Não era para termos chegado a esse ponto da conversa, muito menos para ela perceber que eu conhecia Chicão. Em um impulso, dei as costas e fui embora. Não sabia como iria contar para o chefe toda aquela conversa com dona Neide. Pensaria nisso depois. Decidi voltar ao escritório durante a noite, quando ele estivesse só, e contar que consegui notícias da tal mulher, que agora eu sabia que era sua mãe.

CAPÍTULO ONZE

A noite chegou, e eu precisava ir até o escritório para estar diante de Chicão e contar-lhe tudo o que havia descoberto sobre a pessoa que ele havia pedido, no caso sua mãe. Fui, então, até o inferno, sem vontade, mas fui, pois sabia que ele poderia não gostar muito de eu ter descoberto mais do que deveria.

Entrei e ele diretamente foi me perguntando:

— Obteve informações da pessoa que lhe pedi?

— Sim.

— E então? O que descobriu a respeito dela?

Pensei por alguns instantes e ainda tive dúvidas sobre o que dizer exatamente. Tentei ser direto, sem entrar em muitos detalhes:

— Pelo que vi, ela está bem e vive bem. Pareceu-me um pouco triste, pois trazia no rosto um sentimento de dor, mas nada além disso.

— Conversou com ela? — perguntou Chicão, demonstrando curiosidade e ansiedade.

— Muito pouco, apenas o necessário.

— Apenas o necessário? O que conversou com ela?

Nesse momento, não tinha mais para onde escapar e o jeito seria contar-lhe nossa verdadeira conversa, mas, mesmo assim, tentei ser breve. Contei-lhe tudo o que achei necessário.

— Quer dizer que você conseguiu descobrir mais do que deveria? – perguntou-me Chicão em sua seriedade.

— Não foi minha intenção. Ela acabou tendo um momento de desabafo comigo e tive de ouvi--la, mas fui embora o mais rápido que pude.

— Muito bem, Fernando. Fez exatamente o lhe pedi e ainda conseguiu ter mais informações, como descobrir que ela é minha mãe. Não sei se lhe parabenizo por sua capacidade e sinceridade ou se lhe mato por ser intrometido, mas vou deixar passar desta vez.

— Chicão, você já pensou em conversar com sua mãe e dar-lhe notícias? – arrisquei fazer essa sugestão.

— Já sim, muitas vezes, mas sempre desisto quando me lembro da forma que fui expulso de casa.

—Talvez, você se sentisse bem se falasse com ela e, quem sabe, até tivesse uma aproximação.

— Quem você está achando que é para me dar conselhos sobre a vida? Está aqui para trabalhar com drogas, e não para me dar conselhos — esbravejou Chicão, exaltado e irônico.

Eu, realmente, não era nenhum ser humano sábio para dar conselhos a ele, mas, naquele momento, senti que a melhor coisa a ser feita era sugerir que fosse falar pessoalmente com a mãe e, quem sabe, ter uma aproximação com ela, ou apenas o perdão de ambas as partes.

Chicão pensou por alguns segundos e me disse:

— Irei pessoalmente falar com ela.

— Quando?

— Algum dia, meu caro. Quando achar que está na hora, eu irei. Nesse momento, tenho muitos assuntos para resolver.

Chicão havia se tornado um ser humano muito cruel consigo mesmo e não permitia que seus sentimentos fossem explorados, nem por ele mesmo, mas percebi que, naquele momento, uma sementinha de amor havia sido plantada em seu coração, fazendo com que ele pensasse na possibilidade de uma reconciliação. Poderia demorar muito tempo para que isso acontecesse, mas senti que ele estava disposto a fazer isso acontecer.

—Tudo preparado para amanhã? – perguntou.

— Sim, está tudo certo para amanhã. Josué já sabe que irá comigo?

— Sim, e também já avisei a ele que não admitirei falhas no trabalho de amanhã, pois será um grande dia de uma negociação muito importante para sua carreira aqui dentro e para os meus negócios.

Despedi-me de Chicão e voltei para casa. O dia seguinte seria muito mais trabalhoso do que eu poderia imaginar. Minha vontade era a de conversar com Ezequiel. Ele sempre me transmitia paz, mas não seria possível, então, o jeito seria esperar até o dia amanhecer.

Naquela mesma noite, dona Linda chamou Dália na cozinha para conversarem:

— O que você acha de amanhã cedo irmos à casa espírita, ouvir os bons e belos ensinamentos da Espiritualidade, minha filha?

— Pode ser bom, mãe. Ezequiel estará lá? — perguntou Dália, querendo saber sobre o novo amigo.

— Acredito que sim, pois os trabalhos lá começam cedo.

— De manhã, já acontecem reuniões e palestras?

— Nem sempre, minha filha. O trabalho que começa cedo é o trabalho assistencial à comunidade.

Dália ficou interessada pelo trabalho e curiosa ao mesmo tempo. E perguntou:

— Toda casa espírita realiza trabalhos assistenciais à comunidade?

— De uma forma ou de outra, todas as casas, sejam elas espíritas ou de qualquer outro segmento religioso, oferecem seu apoio aos encarnados e desencarnados, cada uma a seu modo, porém, sempre visando a ligação maior com o Divino e a evolução de todos os indivíduos.

Ambas conversaram por mais alguns instantes até serem interrompidas por Enrique:

— Mamãe, o papai não vai mais voltar?

Dália sentiu toda a saudade que Enrique tinha por mim e o entendia, pois ela também sentia saudade.

— Claro que ele voltará, meu anjo. Logo ele virá nos visitar de novo — respondeu Dália, encorajando Enrique.

— Eu estava dormindo, mas acordei assustado. Sonhei que o papai estava chorando muito.

— Mas o papai está bem. Foi apenas um sonho, meu amor! Vá dormir e fique calmo, que está tudo bem.

Dália afagou os cabelos de nosso filho delicadamente, dando-lhe um beijo na testa. Enrique foi se deitar novamente, e dona Linda olhou para Dália com certa preocupação, e disse:

— As crianças têm uma sensibilidade muito grande para perceberem os sentimentos dos adultos e recados do plano espiritual. Provavelmente, ele sonhou isso porque Fernando deve estar muito angustiado.

— Espero que tudo fique bem logo, mãe — desejou Dália, com esperança em suas palavras.

CAPÍTULO DOZE

Ao amanhecer, Dália acordou com Enrique ao seu lado, olhando-a. Ela levou um susto, mas, ao ver aquele sorriso doce, sincero e cheio de emoção, não conseguiu sequer perguntar ao nosso filho o porquê de ele estar ali, e apenas sorriu e o abraçou, dando-lhe bom dia.

— Bom dia, meu anjo. Conseguiu dormir bem?

— Sim. Sonhei que o papai estava em um lugar muito feio, mas, depois, umas pessoas bonitas, que pareciam anjos, o levaram para as nuvens, e lá ele ficava muito bem, brincando nas nuvens com outros anjos — respondeu o garoto.

Dália não conseguiu interpretar nada do sonho de Enrique na hora, pois era péssima em interpretação de sonhos, mesmo que as pessoas dissessem várias coisas a respeito.

— Viu como o papai vai ficar bem? Ele estava triste, mas depois ficou alegre.

— Mas o lugar feio que o papai estava era muito feio mesmo. Tinha muita lama no chão e parecia que tinha umas pessoas chorando perto dele, era o que eu ouvia no sonho, mamãe, mas, depois, ele ficava muito feliz.

— O importante é que ele ficou feliz.

Ambos se abraçaram, no momento em que dona Linda entrou e disse:

— Vamos, Dália?

— Aonde?

— À casa espírita.

— Meu Deus! Esqueci completamente do horário. Vou me arrumar rapidamente e vamos.

— Posso ir junto desta vez? — perguntou Enrique.

— Hoje, a mamãe vai para conversar com um amigo. Quando tiver uma reunião, levo você e seu irmão, tudo bem?

— Tudo bem. Eu amo você, mamãe!

— Também o amo muito, meu anjo!

Dália se arrumou e acordou Tadeu, que ainda estava dormindo:

— Vamos sair agora, eu e sua avó, você pode ficar com seu irmão até nós voltarmos?

— Claro que sim. Cuidarei desse pentelho. Não tem outra opção, não é mesmo? — respondeu com muito sono.

— Não seja mau com seu irmão, Tadeu. Logo mais estaremos de volta.

Ambas partiram e foram conversando sobre os sonhos que Enrique havia tido, sobre alguns conceitos espirituais e sobre a postura de Tadeu ao aceitar uma reaproximação comigo.

Ao chegarem, viram Ezequiel sentado lá dentro, com um livro em mãos. Dália sutilmente conseguiu ler que se tratava de *O Livro dos Espíritos*. Cumprimentaram Ezequiel, e Dália, muito curiosa, já foi logo perguntando:

— Desculpe-me, Ezequiel, mas sobre o que trata esse tal de *O Livro dos Espíritos*?

— Este é um livro muito esclarecedor sobre vários assuntos que nos questionamos diariamente sobre a vida e as pessoas.

— Como assim?

— Nada mais é do que um livro com perguntas de um encarnado, no caso Allan Kardec, com respostas dos amigos da Espiritualidade.

— Então, esse é um livro que traz respostas sobre a vida. Respostas enviadas por Espíritos?

— Exatamente, Dália!

— Interessante. Deve ser um livro que traz a verdade sobre tudo.

— Toda a verdade da vida somente Deus é quem sabe, mas, em algumas obras, podemos aprender muito sobre vários temas, sejam obras espíritas ou não. Sempre podemos encontrar boas literaturas que ensinam o homem a evoluir, basta que ele mesmo queira isso.

— Minha filha, a verdade de Deus está, antes de tudo, dentro do nosso coração, tanto que podemos sentir quando alguma ação nossa vai contra, ou não, as leis divinas – complementou dona Linda.

— Isso mesmo, Linda. A lei de Deus já está dentro de nós, mas, infelizmente, nem todos conseguem acessar essa parte ainda, afinal, já nascemos com ela, mas sempre temos, de forma leve ou não, a consciência sobre nossas ações – acrescentou Ezequiel.

— Fiquei muito curiosa para ler esse livro – disse Dália.

— Sem sombra de dúvidas posso assegurar

que lhe fará muito bem. Pode levar este para você e saiba que, surgindo qualquer dúvida, pode vir e me perguntar. O estudo é a chave para o crescimento, seja ele físico ou espiritual.

Os três continuaram conversando, entrando em vários assuntos. Aquelas conversas estavam fazendo muito bem a Dália.

Saindo de casa para ir ao escritório, senti vontade de passar novamente pela casa de dona Neide, a mãe de Chicão. Passando por lá, eu a vi regando algumas plantas. Tentei me esconder rapidamente para que ela não me visse, mas foi inútil. Ao me ver, rapidamente me chamou, como quem clama por uma ajuda:

— Rapaz, venha aqui. Não vá embora, por favor!

— Bom dia, tudo bem com a senhora? — perguntei-lhe, querendo ir embora.

— Desde que o vi, não parei de pensar em nossa conversa e sei que coração de mãe não se engana. Se eu estiver errada, perdoe-me, mas sinto que conhece meu filho Francisco.

— Desculpe-me, mas realmente preciso ir embora.

— Só me faça um favor...

Eu nada disse, apenas fiquei parado, esperando-a dizer qual seria o favor. Ela, então, disse:

— Esqueça. Não é nada. Desculpe-me por incomodar-lhe. Devo realmente estar velha demais e fico imaginando coisas que não existem.

Olhei em seus olhos, peguei a sua mão suavemente e lhe disse:

— A senhora confia em Deus?

— Sim, confio demais.

— Então, não perca as esperanças. Seu filho irá aparecer em breve.

Dona Neide não se conteve e começou a chorar.

— Você é um rapaz muito bom. Obrigada por me dizer palavras que confortam meu coração e me dão esperanças. Jamais deixe que o mundo destrua essa bondade que existe em você.

Naquele momento, fiquei parado e pensando em toda a minha vida. Como aquela senhora sabia se eu era bom ou não? Ela nada sabia sobre mim, mas, mesmo assim, ouvi o que ela disse com o coração aberto, mesmo sabendo que eu estava à beira de me destruir com minhas escolhas.

—Vá com Deus! — ainda disse ela.

Fui embora pensando na humildade e simplicidade que aquela senhora me transmitia. Aquele era o momento perfeito para encontrar Ezequiel e sentir um pouco de sua paz, pois aquele era um dia em que eu precisava.

Passei em frente à casa espírita. Queria muito entrar, mas tive vergonha. Fiquei do outro lado da rua olhando e, caso Ezequiel saísse, fingiria que estava apenas de passagem e falaria brevemente com ele. Alguns minutos se passaram, e pude ver Ezequiel lá dentro, conversando com algumas pessoas em uma roda. Cheguei um pouco mais próximo, para que ele pudesse me ver, e deu certo. Ele acenou para mim, abrindo um sorriso. Fui me aproximando e levei um susto ao ver que, lá dentro, estavam Dália e dona Linda. Ezequiel chegou até o portão, e eu, movido pelo susto, apenas sorri, acenei e saí de lá rapidamente para que elas não me vissem.

Ezequiel, no momento, não entendeu muito bem o que estava acontecendo, pois percebeu que eu estava ali por algum motivo, mas achou muito estranha minha atitude de sair de lá apressadamente, sem ao menos conversar com ele, ou, pelo menos, cumprimentá-lo. Ele entrou novamente e voltou à roda de conversa com todos que lá estavam.

Ao término, dona Linda perguntou a Ezequiel:

— Aconteceu algo, meu amigo? Levantou-se para ir lá fora todo animado e voltou com uma expressão diferente.

— Na verdade, nem eu sei o que aconteceu. Um rapaz com quem converso às vezes apareceu aqui na frente, fui para conversar com ele, mas, de repente, ele me deu as costas e foi embora. Não entendi sua atitude.

— Estranho mesmo! Será que aconteceu algo para ele ter ido embora assim? — perguntou Dália, que acompanhava a conversa.

— Não sei. Eu já percebi que Fernando parece ter alguns problemas, mas não sei como ajudá-lo, pois parece não querer muito a ajuda de ninguém, mesmo sabendo que precisa. Eu apenas tento aconselhar, e ele ouve tudo com o coração, mas, mesmo assim, tem muita dificuldade.

Dália e dona Linda se olharam assustadas, achando estranha a enorme coincidência. Dália se apressou e perguntou:

— O nome do rapaz é Fernando?

— Sim. Por quê?

— É o mesmo nome do meu marido, que também está passando por muitos problemas e não quer a ajuda de ninguém, nem a minha.

Ezequiel parou por alguns instantes e ficou pensando se aquela era apenas uma coincidência ou não.

— Mãe, será que é Fernando quem tem vindo aqui conversar com Ezequiel? – perguntou Dália a dona Linda.

— Não sei, minha filha, mas se acalme e pense sempre pelo lado positivo. Se for ele mesmo, quer dizer que tem ouvido palavras muito sábias e, mesmo continuando por esse caminho que desconhecemos, tem tido boa orientação.

Ambas continuaram pensativas por muito tempo e aquilo não saía da cabeça delas, então Ezequiel disse:

— Caso estejamos falando da mesma pessoa, saibam que, por maiores dificuldades que ele esteja passando, pelo menos tem tentado mudar suas escolhas de uma forma ou de outra.

— Vamos embora, Dália. Depois você conversa com Fernando e descobre se ele tem vindo aqui. Isso não muda o fato de ele estar tendo problemas, apenas nos dá um alívio de que tem procurado ajuda – disse dona Linda.

Elas se despediram de Ezequiel e retornaram para casa. Dália queria muito que eu fosse visitá-la logo para poder me perguntar sobre tudo e, quem sabe, convencer-me a contar a ela minhas dificuldades.

Passei em frente ao escritório de Chicão e lá estava Josué, esperando-me para irmos ao trabalho. Pedi a ele que esperasse, pois queria falar com o chefe primeiro. Entrei, esperei por alguns minutos, e logo Chicão me recebeu.

— A que devo sua visita antes do trabalho, meu caro Fernando? – perguntou-me Chicão.

— Josué está lá fora à minha espera para irmos, então serei breve.

— Sim, eu sei. Ele já veio falar comigo, como sempre. Vou ficar de olho nele para não querer roubar meu cargo aqui – Chicão disse, rindo sarcasticamente. – O que veio me falar?

— Mais uma vez, sei que não devo me intrometer em sua vida pessoal, mas me sinto na obrigação de fazer isso.

— Diga logo, antes que eu me irrite.

— Acredito que deva ir falar com dona Neide, pelo menos para que ela saiba que você está bem e vivo.

— Você realmente é muito intrometido, Fernando. Acho bom mudar esse seu jeito antes que as coisas não fiquem nada boas para o seu lado.

— Desculpe-me, Chicão, mas ela precisa de uma palavra sua ou apenas olhá-lo – disse eu, inseguro da reação do chefe.

— Vamos fazer da seguinte forma: eu cuido

da minha vida, e você cuida do seu trabalho? O que acha? Eu acho realmente uma ótima medida.

Vi que não havia sido uma boa ideia ter falado com Chicão sobre aquele assunto, mas, pelo menos, eu tinha em mente que havia tentado, de alguma maneira, amenizar a dor de uma mãe e, quem sabe, aliviar, em algum momento, a dor escondida de um filho negado. Eu poderia não ser uma das melhores pessoas do mundo, mas sabia como era me separar da família.

— Após o trabalho, no início da noite, eu e Josué voltaremos com notícias sobre a negociação.

— Vá logo, antes que eu termine com tudo isso de um jeito muito mais prático — disse Chicão, ameaçando-me e rindo da minha expressão de medo.

Eu e Josué partimos para a região onde faríamos a próxima negociação. Eu estava incumbido de tratar diretamente com o outro traficante, e Josué ficaria como apoio. Após procurarmos por um tempo, achamos o local. Tivemos muita dificuldade para conseguir entrar no escritório, pois os homens que faziam a segurança do local não estavam nos deixando entrar facilmente. Eu tive de explicar todos os detalhes para que me liberassem. E, assim, começamos nossa negociação.

Eu esperava que a conversa fosse ser muito complicada, pois Joca, segundo Chicão, não era dos mais amigáveis, e não seria tão fácil convencê-lo, mas, para minha surpresa, a conversa fluiu muito bem. Usei de todos os meus argumentos para convencê-lo de que meu produto era dos bons, mesmo não sendo verdade. Ele me deu uma chance de entregar-lhe o produto e, então, a partir disso, se ele gostasse, faria o pedido de mais mercadorias para ter mais um fornecedor.

Joca, ao terminar a conversa sobre a droga, disse:

— Não tente nos passar a perna, pois não sou um cara muito legal com aqueles que me traem. Vou confiar que essa mercadoria vai me trazer bons lucros, e que você não mentiu em nada, inclusive que não trabalha para nenhum concorrente meu.

— Não tenha dúvidas de que seus negócios darão certo e que venderá muito bem essa mercadoria.

— Meus negócios são ótimos, já seu produto não tenho tanta certeza, mas logo vou saber.

Naquele momento, senti um medo maior do que o de costume, pois sentia, no olhar de Joca, uma ganância muito maior que a de Chicão, e isso me colocava em risco, pois eu estava sendo o mediador daquela venda sem que ele soubesse. Respirei fundo e tentei passar tranquilidade para que ele não percebesse.

— Amanhã, então, mando entregarem seus produtos.

— Prefiro que você mesmo traga pessoalmente – disse Joca.

Aquela era minha única opção, ou ele acharia que eu estava blefando sobre tudo que disse. Então, falei:

— Eu mesmo trarei.

Saí de lá sabendo do risco que corria caso ele descobrisse que eu trabalhava para o seu concorrente Chicão. Joca esperou que eu saísse para chamar um de seus funcionários.

— Amanhã, quem vai trazer a mercadoria é o próprio Fernando. Liberem a entrada dele depois que revistarem tudo e, assim que ele for embora, disfarçadamente, siga-o. Algo me diz que esse rapaz esconde algo, e não perdoo traidores.

Na volta, eu e Josué passamos no escritório de Chicão e explicamos as condições de Joca para a entrega da mercadoria. Chicão, por sua vez, reclamou um pouco, mas viu que não tinha outra escolha caso quisesse realmente fechar negócio. Fomos embora. No caminho para casa, Josué me acompanhou e foi falando sobre várias coisas.

— Esse Joca é folgado demais. Se fosse eu no seu lugar, teria mostrado para ele quem é que manda nisso tudo.

— E quem é que manda nisso tudo, Josué? Você? Eu? — perguntei.

— Nenhum de nós dois manda, sei que é Chicão, mas você deveria ter mostrado quem estava no controle da situação, deixando claras as suas regras.

— Mas, se eu não aceitasse, talvez ele até desistisse de tudo.

— Para mim, você foi um frouxo — falou Josué, ironizando minha atitude.

— Frouxo? Você realmente não tem noção das coisas que fala. Fique quieto para não me irritar, Josué.

— Para mim, você foi um frouxo mesmo, e não tenho medo de falar.

Josué tinha uma grande dificuldade em ter bom senso sobre o que dizer ou não e sempre acabava dizendo palavras que irritavam qualquer pessoa. Eu já estava nervoso e muito tenso com tudo o que havia acontecido, e mais uma palavra de Josué me faria perder o controle, mais uma vez.

— Ainda acho que você deveria ter sido mais firme em suas palavras, e não ter sido frouxo — insistiu Josué.

Movido pelo impulso, desferi um soco em Josué e disse a ele que não ousasse mais dirigir a palavra a mim se fosse para falar besteiras como aquela, pois, na próxima, eu não teria dó. Ele, por sua vez, ao receber o soco, olhou-me com mais ódio do que já havia demonstrado algumas vezes, dizendo:

— Você vai se arrepender, Fernando! Você se acha muito melhor que todo mundo. Vai se arrepender!

Dei as costas sem me importar se ele havia se machucado ou não. Eu queria era ir para minha casa e não ter mais que pensar em nada que não fosse minha família, da qual eu tinha muita saudade. O soco dado foi movido pela minha raiva, mas, pela primeira vez, não estava arrependido. Assim, voltei para casa, tentando deixar, do lado de fora, todas aquelas chateações.

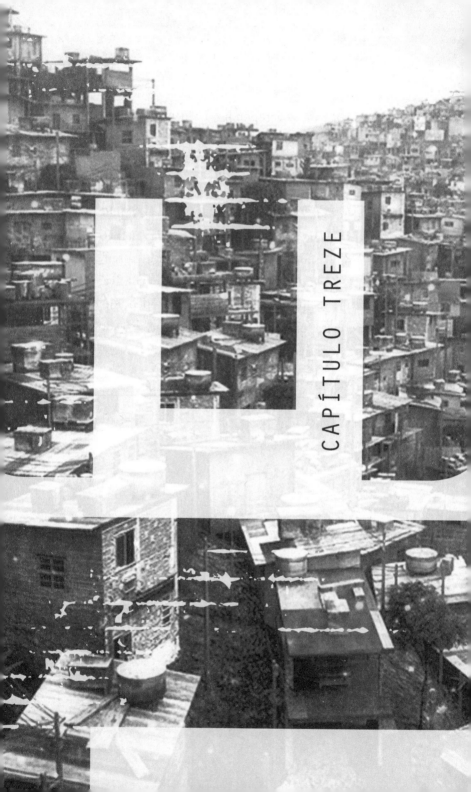

CAPÍTULO TREZE

Acordei rapidamente, pois precisava fazer as entregas de Joca. Passei no escritório de Chicão para pegar todas as mercadorias e levar de carro. Já com tudo em mãos, parti para meu destino. Preferi ir sozinho para evitar mais problemas com Josué. Fiz todas as entregas sem nenhum imprevisto. Tudo estava ocorrendo da maneira correta, sem preocupações.

— Obrigado, Fernando. Espero que nada saia do nosso combinado e também espero não ter problemas com você — falou Joca.

— Não terá nenhum problema. Toda a mercadoria que combinamos está aqui, e logo faremos mais acordos.

— Sobre a mercadoria não tenho dúvidas de que sempre serão entregues. Refiro-me sobre não querer ter problemas com uma possível traição.

— Não terá nenhum problema quanto a isso, Joca — falei, com medo de ele descobrir para quem eu trabalhava, mas demonstrei muita segurança no que falava.

Ao terminar toda a entrega, fui embora, e Joca chamou seu funcionário:

— Siga-o, Edson. Quero ter certeza de que não trabalha para nenhum concorrente. Não admito traição, por menor que pareça ser.

Edson, então, disfarçadamente, foi me seguindo, a ponto de eu sequer ver que tinha alguém por perto. Joca chamou Edson porque eu não o havia conhecido ainda, então, não teria como reconhecê-lo.

Primeiro passei na casa de dona Linda, pois precisava rever meus filhos e Dália. A saudade por eles estava me matando um pouco por dia e tornando-se quase impossível chegar em casa e não tê-los por perto, por mais distante que estivéssemos.

— Que saudade, meu amor! — disse eu para Dália.

— Sinto sua falta também, Fernando. Os meninos, principalmente Enrique, vivem perguntando quando você voltará para nos buscar.

— As coisas estão melhorando, e, em breve, estaremos todos juntos de novo. Mais alguns dias e já consigo resolver tudo.

— Então, você vai me contar o que está acontecendo?

— Dália, deixe que as coisas sigam seu rumo natural, não me force a falar algo que ainda não posso.

— Não sei por que ainda insisto tanto. Na verdade, eu sei. É porque o amo e quero nossa família de volta — falou Dália, triste.

— E os meninos, como estão? — perguntei.

— Estão bem. Daqui a pouco, chegam. Foram passear com minha mãe. Vai esperá-los?

— Não terei tempo, mas amanhã volto e os vejo.

Dália não gostou muito da ideia de eu não ficar para esperar os meninos chegarem do passeio, mas ainda precisava ir até o escritório de Chicão, e não gostava de ir muito tarde, então, preferi visitar meus filhos no dia seguinte.

— Fernando, antes de ir, tem algo que quero lhe perguntar.

— Pergunte, meu amor!

— Você conhece Ezequiel?

Dália sabia que eu havia ido a uma reunião de um grupo, mas não sabia sobre o que se tratava e não imaginava que eu conversava, às vezes, com Ezequiel para ouvir suas sábias palavras, ou apenas para sentir um pouco da paz que aquele homem me transmitia.

— Por quê? — eu não queria entrar no assunto, pois, talvez, ela soubesse que eu havia passado pela casa espírita e ido embora quase correndo.

— Ontem, eu e minha mãe estávamos em uma roda de estudo na casa espírita, com Ezequiel, e notamos que ele foi falar com alguém na rua e voltou estranho, até que nos contou sobre uma pessoa que estava tendo dificuldades na vida, e que sempre conversava com ele, mas que não estava encontrando forças para resolver seus problemas. Ele disse que seu nome era Fernando. Eu e minha mãe achamos que poderia ser uma coincidência, mas estava difícil de acreditar nisso.

— Sim, Dália, eu conheço Ezequiel.

— Então, você é a pessoa a que ele se referiu?

— Sou eu mesmo. Não se preocupe, ainda não estou conseguindo me ajeitar como quero, mas as coisas estão começando a melhorar, e Ezequiel tem me orientado muito sobre alguns assuntos.

— Pelo menos, tem pedido conselhos a uma pessoa muito sábia e com muita luz. Que seu caminho se ilumine, e você possa enxergar onde ainda não consegue, meu amor! — Dália falou em forma de prece, segurando fortemente as minhas mãos.

Despedi-me de Dália e não notei que, no final da rua, estava Edson nos observando. Afinal, não o conhecia mesmo, então, não notaria sua presença.

No caminho do escritório, encontrei Josué seguindo para lá também. Fomos andando juntos, mas sem trocar uma palavra. Chegamos e entramos juntos. Chicão nos ouviu contar sobre a negociação e, depois, mandou que Josué fosse embora, pois precisava conversar pessoalmente comigo sem ninguém por perto. Josué saiu com muita raiva, pensando em uma forma de atrapalhar meu trabalho ali dentro, mas não sabia como, já que Chicão não depositava muita credibilidade nele. Ao sair do escritório, viu um homem parado do outro lado da rua. Achou estranho, mas não falou nada. Era Edson, que acabou se aproximando.

— Acho que o conheço de algum lugar, mas não me recordo de onde — falou Edson, tentando enganar Josué.

— Não sei de onde, mas foi um prazer conhecê-lo. Agora, preciso ir.

— Espere, amigo! Estou procurando uma pessoa, e, talvez, você possa me ajudar.

Edson queria saber se Josué e eu trabalhávamos para Chicão, ou se estávamos negociando com ele também. Josué, por sua vez, achou estranho, mas esperou para ver onde aquilo daria.

— Estou procurando por Fernando. Você o conhece? – perguntou.

— O que quer com ele?

— Vou lhe contar, mas preciso que não conte nada a ninguém.

— Pode confiar em mim.

Josué viu que aquela seria, talvez, sua única chance de me prejudicar, mesmo que fosse pouco, mas poderia conseguir.

— Fernando comprou algumas drogas de mim e está me devendo. Tenho que cobrá-lo, pois não aceito devedores — mentiu Edson para convencer Josué.

— Deve cobrar mesmo.

— Aí dentro é o escritório dele?

— Não, é o escritório do nosso chefe mesmo. Mas cobre-o, sim, e faça um inferno de sua vida. Devedores não merecem perdão.

Na cabeça de Josué, ele estava conseguindo me prejudicar, fazendo com que aquele rapaz cobrasse a dívida de drogas, quem sabe até podendo causar minha morte, dependendo do valor da dívida. Mal sabia ele que estava denunciando a nós dois para o funcionário de Joca, e que aquela era a nossa passagem para a fúria do traficante. Edson agradeceu e disse que procuraria Fernando depois para resolver a dívida. Josué estava se sentindo vingado de mim, por ter incentivado a me cobrarem.

Edson correu para o escritório de Joca, contou tudo e recebeu todas as coordenadas do que fazer, e a primeira parte do plano de ação contra nossa traição seria passar na casa da minha família.

— Primeiramente, vamos resolver com Fernando, já que ele tratou diretamente comigo. Com o outro resolvo depois. Percebi que ele não é muito esperto e consigo dar um jeito nele facilmente — disse Joca para Edson.

Dona Linda estava chegando com meus filhos do passeio. Ela entrou com Enrique, enquanto Tadeu disse que logo entraria, pois queria ficar um pouco na rua. Por sua vez, Edson, chegando próximo à casa de dona Linda, deduziu que Tadeu fazia parte da família.

— Olá, rapaz, tudo bem?

— Sim. Quem é você? — perguntou Tadeu.

— Sou Tiago — mentiu Edson para não ser descoberto futuramente. — Você conhece Fernando?

— Sim, é o meu pai. Por quê?

— Você pode chamar sua mãe? Preciso falar com ela.

— Sobre o quê? Minha mãe deve estar ocupada, Tiago.

— Chame-a, é um assunto importante sobre seu pai.

Tadeu, na mesma hora, foi chamar Dália, pois poderia ter acontecido algo comigo, já que eu estava fora de casa, e eles não sabiam como eu estava vivendo. Dália foi de prontidão e se deparou com Edson, um homem que aparentava não ser boa pessoa.

— O que aconteceu com meu marido? — perguntou Dália na mesma hora, preocupada.

— Acalme-se. Não aconteceu nada com ele ainda. A senhora sabe onde seu marido está? Sabe com quem ele tem andado? Sabe onde está agora?

— Não sei absolutamente nada sobre Fernando, mas preciso saber. Sei que ele tem andado com problemas, mas nunca me conta o que está fazendo.

— Tenho uma boa e uma má notícia — falou Edson ironicamente. — Seu marido está se metendo com pessoas erradas. Pessoas que são mais perigosas do que ele pode imaginar. A boa notícia é que ele ainda está vivo e a má é que não sei até quando.

— O que você quer dizer? — perguntou Dália, entrando em desespero.

— Seu marido entrou para o mundo do tráfico de drogas e mentiu para um traficante barra pesada, que não mede esforços para fazer os traidores pagarem por seus atos.

Dália sentiu suas pernas enfraquecerem, sua respiração acelerar, seu coração pulsar mais forte e sua cabeça doer como nunca havia doído. Aquilo não podia ser verdade. O marido que ela tanto amava estava no tráfico. Algumas vezes, em seu coração, ela sentia que, talvez, eu estivesse envolvido com gente perigosa, mas descartava isso de sua mente para não piorar e ficar mais preocupada ainda. Preferia achar que era coisa de sua cabeça, mas, naquele momento, descobriu que suas desconfianças eram verdadeiras. Tadeu viu Dália passando mal e a ajudou a manter-se em pé para não cair. Edson sequer se comoveu com aquela cena, pois já era sua função agir assim.

— Não adianta se desesperar, porque tudo já está feito, e foi ele mesmo quem quis mentir para a senhora e para o tal traficante barra pesada. Diga a ele que, nesse mundo, não se perdoa traição. Ele vai entender o recado — disse Edson.

— Onde meu pai está? — perguntou Tadeu

quase chorando, mas mantendo-se firme para ajudar Dália.

— Tem certeza de que quer saber?

— Claro que sim. É o meu pai, e vou ajudá-lo. Onde ele está? — Tadeu sentia uma angústia muito grande, pois, agora que estávamos começando a nos entender, tudo aquilo veio à tona, e ele não queria me perder.

— Seu pai está neste endereço, criança — disse Edson, entregando um papel com o endereço de onde eu estava naquele momento.

— Não sou criança, e pode deixar que nós daremos o recado ao meu pai — falou Tadeu, agindo como um adulto.

— Acalme-se, Tadeu — pediu Dália, quase caindo. — Onde ele está agora?

— Está no escritório do Chicão, o chefe dele. Um grande traficante da região — revelou Edson, rindo.

E, dando as costas, foi embora. Dália e Tadeu entraram para se acalmar. Eles não conseguiam acreditar que tudo aquilo estivesse acontecendo com a nossa família. Dona Linda apareceu, e minha esposa contou tudo a ela.

— Vamos nos acalmar e pensar em algo para ajudar Fernando — disse a mulher.

Dália ficou pensando em como poderia me ajudar, pois agora sabia onde eu estava. Ela viu o endereço anotado no papel e ficou pensando no que fazer. Então, pegou sua bolsa e disse à mãe:

— Por favor, cuide dos meninos. Vou andar um pouco e já volto.

— Fique aqui dentro. Não saia de cabeça quente, minha filha.

Dália não ouviu a mãe e saiu assim mesmo. Ela não tinha mais condições de ficar ali parada, depois de saber tudo o que estava acontecendo.

Chicão havia ficado feliz por minha negociação, mais uma vez, ter dado certo, mas queria falar comigo sobre outro assunto, então disse:

— Como você sabe, não gosto de pessoas intrometidas, mas devo lhe contar que, por algum motivo, você me encorajou a procurar minha mãe. Fui hoje de manhã a casa dela, e conversamos um pouco. Ela chorou muito e pediu que eu lhe agradecesse por ter me dado o recado, pois sabia que você me conhecia. Coração de mãe sempre fala mais alto.

— Que bom que se resolveram, Chicão — falei, contente por ter ajudado de alguma forma.

— Não contei sobre meu trabalho, mas ela me pediu perdão por ter me expulsado de casa, e eu pedi perdão por ter sido tão duro com ela por tantos anos. Decidimos que, de vez em quando, irei visitá-la. Quem sabe assim eu volte a amá-la como minha mãe.

Aquela sementinha de amor que havia sido plantada no coração de Chicão estava sendo cultivada por ele, mesmo vivendo em um mundo com tanto ódio.

— Obrigado por ter sido intrometido, mas não faça isso de novo. Prefiro evitar que me irrite e que eu seja obrigado a colocá-lo para dormir — disse Chicão, rindo e querendo dizer que não queria me matar por eu ser intrometido.

Fiquei lá um bom tempo, conversando sobre outros assuntos do tráfico.

CAPÍTULO QUATORZE

Passei um tempo conversando com Chicão, até que decidi que estava na hora de ir embora, pois não tinha mais sobre o que conversarmos. Antes de eu sair, entrou outro funcionário de Chicão e disse:

— Chefe, tem uma mulher lá fora querendo entrar.

— Quem é a moça? — perguntou Chicão.

— Ela se apresentou como Dália, disse que é esposa de Fernando e que precisa entrar.

Na mesma hora, levei um susto absurdo. Chicão deu uma alta risada e ficou me olhando, esperando uma reação minha. Eu me tremia todo. Não conseguia imaginar como Dália havia descoberto onde eu estava. Senti meu corpo quente, uma sensação estranha misturada com o desespero me deixou travado na cadeira.

— Vou falar com ela — falei.

— De forma alguma, meu caro. Se ela veio até aqui, deve subir e conversar conosco. Não admito que minhas visitas sejam maltratadas.

Chicão ria muito, pois, para ele, aquilo, uma hora ou outra, iria acontecer, e não via problema algum em Dália saber que eu era do tráfico. Na verdade, as coisas ficariam melhores ainda, pois ela não pegaria tanto no meu pé, ou até mesmo se separaria de mim, deixando-me livre para o trabalho.

— Por favor, Chicão, deixe-me ir falar com ela. Não vou admitir que ela entre aqui. Esse é um assunto pessoal, e sou eu quem deve resolvê-lo — falei quase implorando.

— Sente-se, rapaz. Já falei que vou recebê-la, e conversaremos todos juntos.

— Não se meta com minha família — gritei.

O chefe, vagarosamente, e sem pressa, abriu sua gaveta e tirou de dentro dela uma arma, colocando-a em cima de sua mesa e dizendo:

— Já lhe pedi que sentasse, Fernando. Não me obrigue a fazê-lo deitar-se de uma vez por todas.

Sentei-me de novo. Diante de uma arma, eu não tinha o que fazer. Apenas lhe pedi que não se intrometesse em um assunto pessoal, mas meu pedido foi em vão.

— Mande a moça subir.

Dália foi avisada e subiu correndo para a sala onde estávamos, entrando sem pedir licença.

— O que está acontecendo com você, Fernando?

— Entre e sente-se. Vamos conversar todos juntos, minha cara — disse Chicão.

— Quem é você?

— Chicão, ao seu dispor, bela moça. Sou o patrão de seu marido e é um grande prazer conhecê-la. Em que posso ajudá-la? — Chicão falava com toda cordialidade e alisava a arma toda vez que me mexia na cadeira.

— Vim buscar meu marido. Vamos embora daqui agora, Fernando!

— De forma alguma, senhora. Sente-se um pouco, pois Fernando só vai embora depois que eu lhe passar mais negociações com traficantes.

— Negociação com traficante? Você está indo tratar com traficantes diretamente? Você ficou louco, Fernando? Esqueceu que tem uma família para cuidar? Então, aquele rapaz não mentiu quando me disse que você estava no mundo do tráfico — Dália falava tremendo, de tão nervosa que estava.

— Rapaz? Quem lhe falou isso sobre Fernando? — Chicão começou a se preocupar.

— Eu não o conheço. Ele apareceu em casa e contou tudo sobre o Fernando, e pediu para dar um recado ao meu marido.

— Que recado? – perguntei.

— Que, nesse mundo, não se perdoa traição!

Entendi na mesma hora o recado. Joca havia descoberto que eu trabalhava para o seu maior concorrente do tráfico. Ele jamais aceitaria uma traição, sendo ela grande ou não, a ponto de envolver minha família nessa confusão toda. Chicão começou a pensar rapidamente no que fazer para evitar um problema maior. Dália ainda estava de pé, tremendo de tanto nervoso, e eu, totalmente perdido e com o coração acelerado.

— Belo trabalho, Fernando. Olha o problema que você me arrumou — esbravejou Chicão, pegando sua arma.

Nesse mesmo instante, ouvimos dois tiros vindos do lado de fora do escritório. Chicão, mais do que depressa, levantou-se e se colocou em posição para esperar o que quer que fosse.

Dália correu para o meu lado e me abraçou em desespero. Eu a coloquei atrás de mim, na tentativa de protegê-la. Logo, a porta do escritório foi aberta com um chute.

— Como é bom vê-lo, Fernando!

— Joca, o que está fazendo aqui? – perguntei.

— Lembra-se do que lhe disse, amigo? Eu não aceito a menor das traições e, quando isso acontece, vou pessoalmente resolver, ainda mais sabendo que você trabalha para um velho amigo. Muito bom também revê-lo, Chicão – disse Joca sarcasticamente, mas sério.

— Acho melhor você ir embora, Joca. Não entro no seu espaço, então não entre no meu também. Saia antes que eu acabe com você – Chicão apontou a arma para ele.

— Vamos tratar de alguns pontos. Primeiro, acho bom você abaixar essa arma. Já deixei avisado que, se algo acontecer comigo, podem apagar, sem dó nem piedade, a dona Neide. Uma senhora tão boa, não é mesmo? Farei um favor a você já que ela o expulsou de casa, e você veio morar na mesma casa em que me abrigaram para trabalharmos no tráfico. Lembra-se disso, Chicão? É claro que lembra.

 Chicão jamais imaginou que Joca fosse capaz de armar tudo e colocar a vida de sua mãe em risco. Se fosse em outros tempos, ele não se importaria, mas alguma coisa fez com que ele não quisesse que nada de ruim acontecesse com sua mãe, ainda mais agora que eles estavam começando a se dar bem novamente. Sua única reação ao ouvir aquilo foi abaixar a arma e ficar à mercê de Joca.

 — Se fizer algo com minha mãe, acabo com sua vida e de todos que você conhece — Chicão gritava como nunca.

 — Fique quieto, pois estou falando — Joca ironizou. — O segundo ponto é o mais interessante, não é mesmo, Fernando? Fui enganado e não gosto disso. Chicão, você mandou seu funcionário para me enganar e quase conseguiu. Minha sorte é que sempre desconfio de tudo, e aqui estou.

 — E o que você quer, Joca? Desfazemos a negociação. Pego a mercadoria de volta, e devolvemos seu dinheiro. Esquecemos isso e ficamos assim.

— Eu, realmente, quero meu dinheiro de volta, mas a mercadoria vai ficar comigo. Já decidi isso. Mas ainda tem o Fernando. O que devo fazer com ele?

— Não faça nada com meu marido, eu lhe imploro — pediu Dália.

— Fique quieta. Meu assunto é com eles.

— Não vou ficar quieta. É a vida do meu marido. Não se atreva a fazer nada com ele.

— Dália, cale a boca. Deixa que nós resolvemos isso — gritei, na tentativa de fazê-la ficar quieta e não colocar a própria vida em risco.

Joca, vagarosamente, foi levantando sua arma em direção a Dália. Eu a coloquei novamente atrás de mim. Naquele momento, me vi perdido, pois achava que aquele seria o nosso fim.

— Novamente, vou pedir à senhora que cale a boca. Não me abrigue a forçá-la a isso.

— Não sei do que sou capaz se tentar algo contra minha mulher — falei firme para Joca entender que eu a protegeria, mesmo correndo o risco que fosse.

— Cansei de vocês. Vamos resolver logo isso, pois preciso ir embora. Tenho muitos assuntos para tratar também. Ouviram os tiros lá embaixo? Fui eu mesmo quem atirou nos dois seguranças que não me deixavam entrar. Então, agora atiro em vocês para não ficarem com dó dos seguranças — falou rindo, e logo voltou a ficar sério.

Joca mirou em mim, que estava na frente de Dália. Apenas um tiro seria o suficiente para nos matar. Nessa mesma hora, levamos um enorme susto.

— Não atire no meu pai!

Eu não estava acreditando que aquilo estivesse acontecendo na minha vida. Havia destruído a vida de todas as pessoas que mais amava. Joca levou um susto ao ouvir o grito vindo de trás dele e, num impulso, virou-se e, sem pensar, atirou no peito de Tadeu, que caiu na mesma hora com um grito abafado. Dália, em desespero, ao ver seu filho levando um tiro, pegou a arma na mesa de Chicão, e, quando foi apontar para atirar nele, Joca, em fração de segundos, mirou para atirar nela. Eu a empurrei e o tiro acertou meu peito, jogando-me em cima de minha esposa, que gritava muito. Chicão tomou a arma da mão de Dália e apontou para Joca.

— Aqui quem manda sou eu!

Chicão disse isso gritando e, antes que Joca pudesse atirar, atirou em seu rival. Era sangue por todo lado e três pessoas no chão. Dália gritava muito, sem saber o que fazer. Chicão chamou seus funcionários, e eles ajudaram a levar Tadeu e a mim ao hospital, em seu carro. Chicão não foi, mas Dália foi dentro do carro nos acompanhando. Ela chorava muito. Já o corpo de Joca, Chicão disse que ele mesmo daria um jeito de dar sumiço.

Tudo aquilo havia acontecido por minha culpa. Meu filho, que seguiu Dália, sem que ela soubesse, havia sido baleado. O desespero de minha esposa era inevitável.

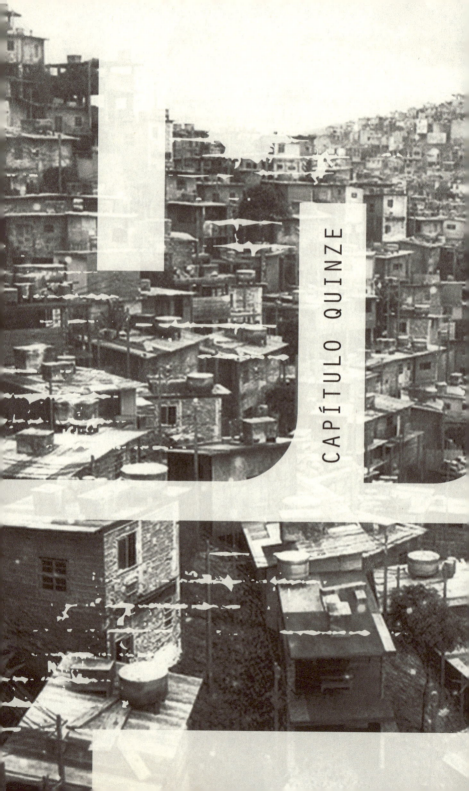

CAPÍTULO QUINZE

Ao chegarmos todos no hospital, Dália entrou gritando e pedindo ajuda a todos que lá estavam. Uma enfermeira nos viu baleados e, de imediato, chamou toda sua equipe, e levaram Tadeu e a mim para a emergência. Dália tremia muito e se culpava pelo que havia acontecido. Outra enfermeira deu um calmante para minha esposa para que ela ficasse menos tensa e pudesse pensar melhor, e avisasse a quem fosse necessário. Então, ela conseguiu avisar dona Linda, através de uma amiga. Na mesma hora, ao receber o recado, a senhora saiu de casa, levando Enrique junto, pois não tinha com quem deixá-lo.

— Como isso tudo aconteceu, minha filha? — perguntou Dona Linda sem entender.

Dália, já mais calma pelos efeitos dos remédios, conseguiu contar para sua mãe tudo o que havia ocorrido, mas ainda tinha algo que ela queria saber, então perguntou:

— Como Tadeu saiu de casa sem avisar para onde iria?

— Ele me disse que iria olhar se você estava bem e se precisava de alguma ajuda. Como ele não a viu lá fora, disse que iria ver se você estava em algum lugar próximo, e eu o deixei ir, mas jamais imaginei que ele a estivesse seguindo, como também não pensei que você fosse atrás de Fernando.

— Tadeu, então, seguiu-me escondido para me proteger — Dália tornou a chorar novamente.

— Pare de chorar, mamãe! Tadeu foi cuidar de você e do papai. Dessa vez, ele quem foi o super-herói — disse Enrique, sem entender a gravidade da situação.

— Realmente, meu anjo, seu irmão foi um grande herói. Ele tentou cuidar de mim e de Fernando, mas acabou se machucando.

— Mas todos os heróis se machucam. Eles lutam, brigam, batalham, machucam-se, vencem e, às vezes, perdem, mas nunca desistem de ajudar as pessoas que precisam. Todo super-herói é assim, mamãe!

Dália ouviu as palavras de Enrique, que vieram como bálsamo em seu corpo, deixando-a mais calma por reconhecer como seu filho havia sido um herói em segui-la apenas para que pudesse protegê-la, e a mim, mas isso não mudava o fato de ele estar entre a vida e a morte.

— Venha, Enrique, vamos comer algo, pois você não comeu nada ainda. Dália, quer que eu lhe traga algo? — perguntou dona Linda, preocupada.

— Não consigo comer nada. Depois, penso nisso. Agora só preciso saber sobre Fernando e Tadeu.

Depois de uma hora, uma enfermeira chamou Dália e disse que o médico cirurgião queria conversar, e assim ela foi.

— Sou a esposa de Fernando e a mãe de Tadeu. Pode me falar como estão?

O médico, com uma expressão calma, mas triste, olhou nos olhos de Dália e pediu que uma enfermeira trouxesse uma cadeira para ela. Dália sentou-se, continuando a implorar ao médico que lhe contasse logo como eu e Tadeu estávamos.

— Preciso que a senhora seja forte e não perca as esperanças, pois faremos de tudo para que seu filho fique bem. A situação é delicada demais; a bala acertou uma veia importante, e ele perdeu muito sangue, ficando muito fraco. Por algum milagre, ainda continua lutando para viver. Já realizamos todos os procedimentos necessários, e teremos de fazer uma cirurgia de emergência em Tadeu. Faremos de tudo para que seu filho fique bem.

— Obrigada, doutor. Salve meu filho, por favor. Eu lhe imploro. Salve meu filho — Dália chorava muito, porém estava ainda sob efeito do tranquilizante. — E meu marido como está? Vai ser operado também, para tirar a bala do peito?

Nessa hora, o médico baixou a cabeça, segurou nas mãos de Dália e começou a falar:

— Seu marido é um homem muito forte. Realizamos todos os procedimentos necessários, mas o caso dele foi mais grave, pois a bala acertou seu coração. Ele chegou aqui praticamente sem vida, e não tínhamos mais o que fazer.

— O que você quer dizer? — gritou.

— Infelizmente, Fernando não resistiu ao ferimento da bala, e seu coração parou. Tentamos reanimá-lo, mas não obtivemos sucesso.

— O quê? Você está dizendo que meu marido morreu?

— Tentamos de tudo, mas ele não resistiu.

Dália não podia acreditar que tudo aquilo estivesse acontecendo. Eu havia desencarnado. Era como se o chão tivesse uma fenda no meio, e ela tivesse caído em um abismo interminável. Ela foi socorrida pelas enfermeiras e levada para a sala de espera, onde poderia aguardar a cirurgia de Tadeu e tentar se acalmar pelo ocorrido comigo. Dália contou à mãe, mas preferiu não contar nada para Enrique naquele momento. Esperaria se acalmar para contar-lhe.

Passadas algumas horas, foi chamada novamente pelo mesmo médico.

— Terminamos a cirurgia de Tadeu. Seu filho é um rapaz muito forte e me parece que não vai desistir fácil da vida. Tudo ocorreu bem. Ele teve muita hemorragia durante a cirurgia, o que o deixou muito mais fraco, mas conseguimos estabilizar. Neste momento, ele está sedado ainda, e tudo indica que ficará em coma, mas a pior parte já foi resolvida, que foi tirar a bala de seu corpo e controlar a hemorragia.

— Ele vai sobreviver, doutor?

— Tudo vai depender da reação de seu organismo. Tenha fé, pois seu filho já foi um guerreiro por ter aguentado até agora. Poucos aguentam como ele.

— Obrigada, doutor, por cuidar do meu filho! Não sei como lhe agradecer.

Dália deu a notícia à mãe e, depois de algumas horas, decidiu dar a notícia sobre o pai a Enrique:

— Meu anjo, você sabe que o papai sempre foi um super-herói, não é mesmo?

— Sei, sim, mamãe! Ele sempre será meu super-herói.

— Só que desta vez, o papai vai ter de viajar para muito longe, lá no céu, onde enfrentará outros desafios e lutará ao lado de outros anjos, que também são heróis.

— Como assim? Papai foi embora?

Dália não conseguia controlar o choro, e aquilo estava deixando Enrique preocupado e confuso ao mesmo tempo. Dona Linda viu que seria difícil para minha esposa conseguir continuar o assunto, então, viu que precisava ajudar.

— Lembra-se de uma vez em que estávamos

assistindo a um filme, e, nesse filme, uma mulher ficava muito doente e, depois, ia morar no céu? — perguntou dona Linda.

— Lembro, mas ela tinha ido para o céu porque tinha morrido. Meu pai morreu?

Dália chorava mais. Não tinha mais forças para aguentar aquilo, foi, então, que Enrique perguntou novamente:

— Foi isso que aconteceu com papai?

— Foi, meu anjo. Seu pai teve um ferimento muito grande no coração e não aguentou, e, como estava doendo muito, ele desencarnou — dona Linda não sabia como amenizar a notícia, mas estava tentando.

— O que é desencarnar, vovó?

— É quando o corpo para de funcionar, mas o Espírito da pessoa continua vivo, então, esse Espírito deixa o corpo e vai morar em outro lugar que não conhecemos.

Os olhos de Enrique encheram-se de água. Ele foi até Dália e falou:

— Não precisa ficar chorando, mamãe. Só

aconteceu isso com papai porque devia estar doendo demais o machucado dele. Pelo menos, agora parou de doer.

Dália abraçou forte nosso filho, e dona Linda enlaçou os dois em um amplexo coletivo. Muitas lágrimas ainda rolaram, mas, aos poucos, tudo foi se acalmando.

Uma semana se passou e foi o período mais difícil para minha família. Dália só estava conseguindo aguentar, pois Ezequiel explicou muitas coisas sobre a desencarnação a ela. Só assim foi possível que ela ficasse calma e entendesse que precisava cuidar de Enrique, de sua mãe e dela mesma. Nessa semana, eles fizeram o enterro de meu corpo carnal. Tadeu continuava em coma. Dália passava quase o dia todo no hospital, até que, em dado momento, uma das enfermeiras falou para ela que o médico a chamava para conversar.

— Como Tadeu está, doutor? — perguntou, esperando uma resposta positiva, pois, até aquele momento, nenhuma melhora havia acontecido.

— Como a senhora sabe, Tadeu está em um estado muito delicado e que não teve nenhuma mudança até agora.

— O que isso quer dizer?

— Seu filho está muito fraco, e seu coração, aos poucos, tem diminuído os batimentos. Não sabemos até quando os aparelhos o manterão vivo. Fique ao seu lado, pois ele vai precisar de seu amor.

Dália subiu para a UTI onde Tadeu estava e ficou ao seu lado. Olhava para ele enquanto as lágrimas caíam lentamente, lembrando cada segundo que vivera com nosso filho.

— Você precisa ser forte, meu anjo! Estou ao seu lado e vou fazer de tudo para que se recupere e volte para casa. Seu pai não está mais aqui conosco, mas, enquanto eu viver, cuidarei de você e de Enrique da melhor forma possível. Amo você demais!

Nesse momento, Tadeu teve um leve aumento em seus batimentos cardíacos, que Dália percebeu pelos toques do monitor.

— Se estiver me ouvindo, saiba que você foi

meu maior herói. Eu lhe dei a vida, e você deu a sua vida por mim e por seu pai – lágrimas brotaram ao dizer isso. – Eu jamais poderia imaginar que isso fosse acontecer a algum de meus filhos, mas, infelizmente, aconteceu. Obrigada por ter sido forte. Você é um batalhador e um vencedor. Eu o amo, Tadeu!

Nessa hora, Dália, que segurava a mão de Tadeu enquanto falava com ele, percebeu que ele apertou sua mão levemente. Ela nada conseguia dizer, apenas deixou seu coração falar por si, e as lágrimas jorraram de seus olhos. Tadeu, ainda apertando a mão da mãe, deu um último suspiro, com maior força, como se puxasse para os pulmões sua última esperança em continuar vivo, e, assim, seu coração parou de pulsar.

CAPÍTULO DEZESSEIS

Acordei em um lugar cheio de lama, com um péssimo cheiro e muito escuro. Via alguns pontos com uma luz bem fraca, sendo apenas suficiente para criar uma penumbra no ambiente. Muitas pedras dividiam espaço com a lama. Um barulho infernal fazia parte daquele lugar, sendo claro o som de gritos, choros e risadas. Algumas vezes, ouvia um som abafado e forte, mas não conseguia assimilar a nada que já tivesse ouvido na vida. Tive a impressão de ver vários animais estranhos passarem perto de mim. Alguns me batiam como se fossem pessoas, outros jogavam mais lama em mim e riam, mas não conseguia saber se tudo aquilo era verdade ou não, pois era tudo muito diferente. Tive muito medo. Chorava constantemente, querendo achar a saída. Sempre via meu peito sangrando, e uma dor aguda tomava conta do meu corpo, mas não conseguia me lembrar do que havia acontecido comigo. Sentia muita fome e sede. Algumas vezes, andando lentamente, quase me arrastando, conseguia achar um tipo de planta muito suja, com uma coloração estranha e gosto horrível. Água era impossível, mas, vez ou outra, não aguentando mais, tamanha a sede, ingeria a lama que estava em um estado mais líquido. Não tinha noção do passar do tempo. O dia e a noite para mim não existiam mais, pois sempre era a mesma coisa. Tentei me matar muitas vezes, jogando-me de barrancos ou ficando sem comer. Mal sabia que já havia desencarnado.

Muito tempo passado, vi ao longe uma luz forte aumentando aos poucos. Era uma luz branca que irradiava muito, iluminando tudo. Nesse momento, pude ver que o local era muito pior do que o que eu conseguia ver quando apenas na penumbra. Ao chegar bem próxima a mim, quase não conseguia abrir meus olhos, mas, aos poucos, puder ver que havia três pessoas dentro dessa luz.

— Venha, Fernando. Já está na hora de ir embora daqui. Vamos? — falou uma das pessoas.

— Ir para onde? — perguntei em meio a tanta confusão que estava sentindo.

— Para um lugar onde será muito bem cuidado.

— Vão cuidar deste ferimento no meu peito? Acho que levei um tiro, mas não sei, porque, se tivesse sido baleado, teria morrido — falei em minha confusão.

O socorrista sorriu docemente para mim. Olhou para os outros dois, que também sorriam, transmitindo-me segurança, e disse:

— Aliviarão suas dores e cuidarão desse ferimento. Também lhe darão comida e água, pois sabemos que tem sentido muita fome e sede.

— Vocês estão me enganando? Teve outro homem que tentou me enganar, dizendo que me levaria para um bom lugar, mas, como não aceitei, ele jogou lama em mim e saiu dando risada.

— Confie em nós. Viemos realmente para ajudá-lo. O homem que tentou enganá-lo não devia ter esta luz acompanhando-o, não é mesmo?

— Realmente. Vocês em nada se comparam a ele. Sinto que posso confiar. Mas por que estou aqui? Por que vim parar neste lugar?

— Depois, você entenderá, Fernando. Venha conosco. Primeiro, você irá para um hospital, e, depois, explicarão tudo a você.

Aceitei a ajuda dos três rapazes cheios de luz e, no mesmo momento, agradeci muito a Deus por tê-los mandado para me ajudar. Ficar naquele lugar fazia-me crer que minha mente e meu corpo estavam apodrecendo aos poucos. Um deles se posicionou perto de mim, e, de suas mãos, saíram luzes que vieram em minha direção, fazendo-me adormecer e só acordar em um hospital.

— Como você está se sentindo, Fernando? – perguntou-me o mesmo socorrista que me ajudou.

— Agora, estou me sentindo bem melhor. Não sinto mais dor no peito – vi, então, que meu peito não tinha mais ferida. – Como conseguiram fazer um tratamento tão rápido assim?

— Temos uma forma diferente de tratar nossos pacientes aqui. Não usamos os mesmos remédios que você conhecia em vida.

— Remédios que conhecia em vida? O que aconteceu comigo? Eu morri? Estou aqui há quanto tempo?

— Quantas perguntas, Fernando – riu docemente o socorrista. – Você está aqui, neste hospital, há cinco dias, descansando e recuperando-se. Você não consegue se recordar do que lhe aconteceu antes de ir para aquele lugar em que o socorremos?

— Não!

O socorrista, então, posicionou suas mãos em minha cabeça, e, aos poucos, fui me recordando do que havia acontecido comigo. Do tiro que levei de Joca, do tiro que acertou meu filho e de tudo o que aconteceu naquele dia. Comecei a agitar-me na cama. Ele, então, foi me acalmando com seus fluidos.

— Quantos dias passei naquele lugar?

— Você ficou lá por dois anos, Fernando.

— Mas eu não era uma má pessoa. Por que fui para lá direto? – perguntei assustado.

— Nossas escolhas definem nosso destino, e você foi atraído para lá quase na mesma hora da sua desencarnação. Como estava ferido, pois levara um tiro, ficou muito agitado e não conseguia entender nada, e acabou se perdendo. Até que, de tanto sofrer, começou a desejar muito sair dali e querer ajuda. Sentimos essa vontade de mudança em seu coração e pudemos socorrê-lo.

— Mas e Tadeu? Como está? Ele levou um

tiro também. Conseguiu se recuperar? – estava muito preocupado com meu filho.

– Tadeu está muito bem, graças ao bom Pai.

– Que bom, fico feliz que ele tenha conseguido sobreviver.

O socorrista apenas sorriu e pediu que eu descansasse mais um pouco, pois, em breve, receberia uma visita que faria com que eu me sentisse melhor. Descansei, então, ansioso com a visita.

Acordei novamente, muito renovado. Sentia-me muito bem, e, logo, o socorrista entrou no quarto perguntando como eu estava. Fiz a ele muitas perguntas sobre aquele hospital, sobre o local onde eu estava e sobre a minha família. Ao conversarmos por um tempo, ele disse:

– O que acha de passearmos um pouco lá fora? Sente-se bem para andar?

– Sinto-me muito bem. Vamos!

Fomos andando devagar por um jardim lindo. Nada comparado ao que já tinha visto em vida, tamanha a beleza das flores, as cores eram muito vivas e os cheiros nunca sentidos. Achei tudo muito bonito. Havia várias pessoas também caminhando por lá. Sentamos em um banco de madeira.

— Fique aqui um pouco. Observe toda a beleza do lugar e não se preocupe com mais nada. Logo sua visita virá.

Fiquei sentado observando tudo e todos, achando muito bonita a forma com que as pessoas se tratavam. Alguns pacientes pareciam estar se recuperando e outros pareciam muito bem. Distraído com o céu de um tom jamais visto por mim, ouço uma voz vinda de trás:

— Pai!

Virei e dei de cara com Tadeu. Tive um misto de emoções. Tristeza por saber que ele estava na mesma condição que eu e alegria por vê-lo tão bem. Fiquei sem palavras. Queria chorar e rir ao mesmo tempo. Tadeu, vendo minha confusão, disse:

— Estou bem, pai! E você, como está?

— Estou bem também, meu filho. Mas, se você está aqui, quer dizer que morreu também. Não posso acreditar que fui o causador disso.

— Acalme-se. Não pense nisso agora. Tudo

aconteceu como tinha que acontecer. Nós escolhemos isso tudo, e acabou sendo assim. Já sabíamos que isso aconteceria.

Abracei-o muito forte, e conversamos muito. Ele me contou como foi sua desencarnação foi tranquila e rápida e que foi levado diretamente para um hospital do plano espiritual. Conversamos muito sobre sua nova vida e o meu despertar.

— Meu filho, você sabe como sua mãe e Enrique estão? – perguntei.

— Quando você estiver melhor, iremos pessoalmente visitá-los. O que acha? Mas adianto que eles estão muito bem.

— Eu gostaria de ir hoje. Podemos?

— Tudo tem sua hora. Aqui aprendemos que as coisas não são como queremos, mas como devem ser, conforme nosso preparo para cada ação e sensação. Assim que puder, iremos juntos.

Conversamos mais um pouco. Tadeu se despediu de mim e disse que, em outro momento, voltaria para me visitar. Depois disso, continuei sentado vendo aquele jardim e lembrando-me de minha família. Não via a hora de poder visitá-los.

CAPÍTULO DEZESSETE

Aos poucos, fui me adaptando ao meu novo corpo, agora espiritual, ao novo ambiente e à mudança de vida. Para mim, não foi tarefa fácil passar por essa troca tão forte de densidade e desprender-me facilmente dos vícios terrenos, mas, com muita ajuda e persistência, fui conseguindo. Tive ajuda constante de várias pessoas, que se tornaram minhas amigas.

— Preparado para sua nova casa? — perguntou-me o socorrista.

— Casa? Aqui tem casas também? — fiquei curioso.

— Com toda certeza, Fernando. Mas quem irá acompanhá-lo agora será outra pessoa. Ele irá orientá-lo em tudo o que precisar. Eu irei algumas vezes visitá-lo, pois sei que sente confiança em mim. Sempre que der, passarei para visitá-lo.

— Quem é essa pessoa?

— Tomás. Ele o levará para sua nova morada e lá aprenderá muito, e, assim que se sentir pronto, poderá estudar, obter conhecimentos e evoluir.

— Muito obrigado por tudo. Não sei o que seria de mim sem você. Talvez, não estivesse aqui.

— Está aqui porque quis ajuda, de coração, e sentiu o desejo de mudança em si mesmo. Deva tudo isso a você mesmo e ao grande Pai Celestial.

Despedimo-nos e fiquei no jardim, aguardando a chegada de Tomás para me levar. Não demorou muito, e ele chegou junto a Tadeu, que sorriu alegremente ao me ver bem, e eu, por vê-lo bem também.

— Pai, como você está? — perguntou-me Tadeu com grande felicidade.

— Estou bem, meu filho. No começo, tive dificuldade em aceitar a morte do meu corpo carnal, mas, com a ajuda de todos aqui, fui percebendo que nada de grave aconteceu, apenas uma troca de plano, pois a vida continua.

— Fico muito feliz que esteja bem e gostando de estar aqui. Realmente, no começo, algumas pessoas têm dificuldade em se adaptar ou até em aceitar a desencarnação, mas, com muita persistência, somos capazes de aprender e ver que aqui é nossa casa, e que estávamos encarnados para aprender e ensinar. — Tadeu me abraçou e continuou: — Este é Tomás. Nós o levaremos para seu novo lar.

— Que bom que está se sentindo bem, Fernando – disse Tomás.

Despedi-me de todos do hospital e lhes agradeci por toda ajuda. Fomos calmamente conversando enquanto nos dirigíamos ao novo local. Ao chegarmos, mal podia acreditar na beleza e na simplicidade de cada detalhe. Estar ali me fazia muito bem, pois até o ar que respirava era diferente do ar que respirava quando encarnado.

— Algum problema em ficar no mesmo lar que Tadeu? – perguntou Tomás.

— De maneira alguma. Quem sabe assim teremos uma nova chance para nos reaproximarmos, já que estávamos quase conseguindo – respondi.

— Não pense nisso agora. Tudo pelo que passou quando encarnado serviu para o seu aprendizado e o das pessoas ao seu redor. Não se julgue por uma coisa ou outra, pense apenas que esses obstáculos devem ser combustíveis para a sua evolução moral e espiritual.

— Passei por muitas coisas que eu não entendia o motivo. Tive muitas oportunidades de seguir em um bom caminho, mas escolhi ir pelo que me parecia ser mais fácil, porém, foi o mais difícil.

— Tadeu irá lhe explicar algumas coisas. Vai lhe fazer bem. Vá descansar um pouco, Fernando, depois retornarei.

— Posso escolher não descansar? — perguntei rindo. — Descansei demais no hospital e quero estar logo pronto para visitar minha família.

Tadeu e Tomás riram de minha pergunta, e, então, Tadeu se adiantou:

— Claro que pode, pai. Você tem o livre-arbítrio, então, use-o sempre para o seu crescimento. Todos os dias em que puder acordar e saber que não fez nada de mal contra ninguém nem contra você mesmo, saberá que está usando, de forma adequada, o seu livre-arbítrio à sua própria evolução.

Tomás despediu-se, dizendo que voltaria mais tarde. Enquanto isso, eu e Tadeu ficamos conversando.

— Como está sendo viver aqui, pai?

— Tenho pensado muito em Dália e em Enrique. Gostaria de saber como eles estão.

— Eles estão bem. Em breve, iremos visitá-los, mas peço que espere, pois precisa estar pronto.

— Posso lhe fazer uma pergunta?

— Claro que sim.

— Você não sente raiva de mim por eu ter sido o causador de sua morte? – perguntei com certa vergonha e tristeza.

— Mas nada é por acaso, e eu não poderia sentir raiva da pessoa que me criou e aceitou a missão de ser meu pai encarnado. Todos os acontecimentos ocorreram por escolhas nossas.

— Porém, a sua morte foi uma consequência de uma escolha minha.

— Antes de reencarnarmos, temos missões e aprendizados. Quando nascemos, temos nossos vícios do passado e nossa evolução individual, que vai determinar se seguiremos o que programamos ou não.

— Acho que entendi – falei meio confuso.

— Você, quando encarnado, sempre notou que tínhamos certo distanciamento, que nos privou de muito aprendizado, mas nos permitiu aprender muitas outras coisas. Nós já vivemos juntos em outra encarnação e tínhamos débitos a serem quitados.

— Já vivemos juntos em outra vida? Como você sabe?

Tadeu riu e disse:

— Na hora certa, você saberá de tudo, mas, por hora, vou dizer-lhe que, em outra vida, prejudicamos muito um ao outro e precisamos retornar para aprendermos a nos amar, e a forma que escolhemos foi como pai e filho. Você, mesmo me amando como filho, tinha dificuldade em se aproximar de mim, e eu o amava como pai, mas também tinha dificuldade em me aproximar de você. Quando se viu em dificuldade, tentou aproximar-se de mim, e eu, mesmo não querendo, optei por tentar. Devido a todos os acontecimentos, quando o vi naquela situação, prestes a levar um tiro, um amor muito maior brotou, de uma forma que não consigo explicar. Colocar-me em situação de risco para salvar sua vida, foi devido a esse amor que despertou. Na vida em que vivemos juntos, eu fui o causador da sua desencarnação, por nos odiarmos. Desta vez, optei por dar a vida por você.

Não tive como conter as lágrimas e abracei Tadeu, chorando muito. Ele me abraçou e pediu que eu parasse de chorar.

— Quando o vi levar um tiro por mim, um amor enorme, que antes não sentia daquela forma, revelou-se, e só conseguia pensar que não podia perdê-lo por nada nessa vida.

— Por termos vindo como pai e filho e essa ser uma ligação muito forte entre dois encarnados, conseguimos controlar bem nosso ódio um pelo outro, fazendo apenas com que não fôssemos nem um pouco próximos, e que o amor, já de pai e filho, se tornasse um amor de Espíritos quando nos vimos naquela situação. O amor verdadeiro brotou da dor. Foi o caminho que escolhemos.

Continuamos conversando mais um pouco, e Tadeu foi me contando como funcionavam os trabalhos na Espiritualidade e qual era sua rotina.

— Vamos até a praça ouvir sábias palavras? Daqui a pouco, um amigo orador vai falar — convidou-me Tadeu.

Fomos até uma praça toda florida com cores exuberantes. Ao chegar, várias pessoas já estavam reunidas, sentadas no gramado. Logo chegou o orador, e, assim, começaram suas belas palavras. A lua começava a aparecer, então, ele falou algo que não saiu de minha mente.

"Segredos escondidos em uma atmosfera tão remota. Segredos esses reveladores, não por estarem onde estão, mas por lhe fazerem ir até lá para poder desvendar seus próprios mistérios.

A viagem não é física, mas, sim, do coração e da mente. Viagem essa que lhe dá sensações que, às vezes, não consegue ter com o plano meramente físico. Viaje em seus sonhos, em suas emoções, em suas racionalidades ou em suas dúvidas, mas viaje.

Estar conectado com a lua não o descreve como um mero sonhador, mas como um buscador de seus sonhos!"

Passados alguns meses de estudo e aprendizado, Tomás veio ao meu encontro e falou:

— O que acha de irmos visitar sua família? Você se sente preparado para isso?

— Sim, mas Tadeu irá conosco?

— Ele já nos aguarda lá, onde foi sua casa terrena.

Tomás segurou em minha mão e pediu que eu fechasse os olhos. Senti nosso corpo flutuando, e, em questão de segundos, estávamos em minha antiga casa terrena. Tadeu já nos aguardava. A casa estava sem nenhum móvel e pude ouvir a voz de Dália falando com dona Linda. Aproximei-me delas, e a emoção foi inevitável.

— Mantenha os bons pensamentos para que nada saia do controle, pai. Precisamos estar com os pensamentos elevados — recomendou Tadeu.

— Por que a casa está vazia? Dália vai se mudar?

— Ela vai colocar a casa para alugar, pois, desde que mudamos de plano, ela tem morado, com Enrique, na casa da vovó Linda. Ela se tornou uma trabalhadora da casa espírita e também conseguiu um emprego. Ela entendeu muita coisa sobre a desencarnação e tem conseguido viver bem, graças a Deus. Enrique, como pode ver — Enrique apareceu correndo na cozinha —, está muito bem e sempre ora por nós.

— Você sabe o que aconteceu com Josué e Chicão? – perguntei curioso.

— Josué foi preso. O pessoal de Joca armou uma emboscada para ele e foi pego em flagrante pela polícia, com drogas. Chicão, logo após todo o ocorrido, levou dona Neide para morar em outro lugar, para garantir que nada de mais aconteceria a ela, porém, ainda não contou a ela sobre seu trabalho. Eles se vêm pouco, pois Chicão ainda está no tráfico, mas o amor entre eles vem crescendo aos poucos, e ele, às vezes, pensa em deixar essa vida, mas ainda não teve iniciativa para isso.

— E Ezequiel, como está?

— Continua com seu trabalho de levar paz aos corações necessitados. Os trabalhos na casa espírita têm aumentado e seu amor pela caridade também.

— Pelo que vejo, todos estão muito bem. Ninguém sofreu com a nossa desencarnação?

— Sofreram muito, mas todos aprendem a conviver com os fatos, e, quando o amor é grande, o conforto vem junto, trazendo a paz de espírito. Todos seguiram suas vidas, tendo-nos como exemplo e força para continuarem.

Ficamos por alguns instantes conversando sobre nossos afetos encarnados e, depois, voltamos para a colônia.

Aprendi muito como desencarnado. Conheci muitas pessoas e estava me empenhando para trabalhar como socorrista, pois devia meu resgate a um deles e era muito grato a isso. Tomás veio ao meu encontro e me entregou uma carta escrita pelo socorrista que havia me ajudado.

— Leia essa carta com todo seu coração. Ele pediu que lhe entregasse, pois sabia que, para você, faria todo sentido — disse Tomás.

"Acreditar na soberania divina não é tarefa fácil. Sentir que o Universo conspira para que tudo entre no seu eixo também não é fácil. Saber que você é capaz de encontrar o seu próprio eixo, diante de tantos obstáculos, é tarefa árdua, que deve ser soberana nas suas escolhas.

Dentre tantos no mundo, você é o principal para você mesmo. Você é o único capaz de discernir sua trajetória, mesmo, em alguns momentos, não estando apto para essa escolha. Saiba que você é quem dá a palavra final de seus atos.

Empecilhos irão aparecer. Obstáculos surgirão de onde menos se espera. Dificuldades serão, às vezes, pontos chave para seu crescimento.

Confie em você e no seu coração. Não deixe que somente a razão o domine, porque essa, muitas vezes, pode estar debilitada. Isso o levará por caminhos nem sempre perfumados ou bonitos, mas, com o tempo, encontrará objetivos grandiosos e divinos, como o seu aprendizado!

O convívio com outros seres não é uma tarefa fácil, mas, quando você encontra seu eixo, mesmo que sejam partes desse eixo, encontra, no outro, possibilidades de aprendizagem e sabedoria para não só conviver, mas amar seus semelhantes.

Ame e deixe que Deus o guie. Tamanha será sua vitória com você mesmo, com tudo e com todos que o circundam!"

Emocionei-me com a carta que meu amigo socorrista havia escrito. Foi, então, que perguntei:

— Quando ele virá me visitar? Estou com saudades dele.

— Ele virá daqui a pouco. Enquanto isso, reflita — respondeu-me Tomás.

Logo chegou meu amigo, com o mesmo sorriso doce e leve que tinha. Abraçou-me, perguntou como eu estava e disse:

— Acredito que nessa encarnação você aprendeu muito com suas escolhas. Teve momentos de alegria, momentos de tristeza, dificuldades, pessoas que o amaram e pessoas que tinham débitos com você. Você teve sensações únicas, aprendeu a amar quem achava que não conseguiria. Esperamos que, nessa nova fase, suas escolhas sejam pertinentes ao seu coração, e que sua evolução seja constante.

— Muito obrigado, meu amigo. Posso lhe fazer uma pergunta?

Ele riu da minha forma de falar e disse que sim, então, perguntei:

— Você me socorreu, ajudou-me, orientou-me, mas nunca parei para perguntar seu nome. Qual é o seu nome?

— Muito prazer, Fernando. Meu nome é Felipe e foi uma honra poder tê-lo ajudado e ver que hoje está bem.

Minha vida, na Espiritualidade, seguiu com enorme aprendizado. Tadeu me auxiliava muito, e Tomás mostrava-se sempre disposto a esclarecer-me toda e qualquer dúvida que tivesse. Minha busca teria, a partir dali, um novo recomeço, e isso era o bastante para me motivar. Aprendi muito com meus erros e com meus acertos e tive a certeza de que todos os fatos ocorreram por uma escolha: a minha escolha.

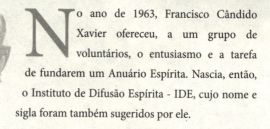

No ano de 1963, Francisco Cândido Xavier ofereceu, a um grupo de voluntários, o entusiasmo e a tarefa de fundarem um Anuário Espírita. Nascia, então, o Instituto de Difusão Espírita - IDE, cujo nome e sigla foram também sugeridos por ele.

A partir daí, muitos títulos foram sendo editados, e o Instituto de Difusão Espírita, entidade assistencial sem fins lucrativos, mantém-se fiel à sua finalidade de divulgar a Doutrina Espírita através da IDE Editora, tendo como foco principal as Obras Básicas da Codificação, sempre a preços populares, além dos seus mais de 300 títulos em português e espanhol, muitos psicografados por Chico Xavier.

O Instituto de Difusão Espírita conta também com outras frentes de trabalho, voltadas à assistência e promoção social, como albergue noturno, acolhimento de migrantes, itinerantes, pessoas em situação de rua, acolhimento e fortalecimento de vínculos para mães e crianças, oficinas de gestantes, confecção de enxovais para recém-nascidos, fraldas descartáveis infantis e geriátricas, assistência à saúde e auxílio com cestas básicas, leite em pó, leite longa vida, para as famílias em situação de vulnerabilidade social, além dos trabalhos de evangelização infantil, mocidade espírita, artes (teatro, música, dança, artes plásticas e literatura), cursos doutrinários e passes.

Este e outros livros da **IDE Editora** subsidiam a manutenção do baixíssimo preço das **Obras Básicas, de Allan Kardec**, mais notadamente, "O Evangelho Segundo o Espiritismo", edição econômica.

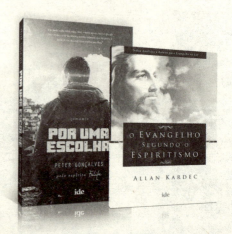